郭楠

著

花团锦簇

Beyond Blossoming

长江出版传媒

长江文艺出版社

图书在版编目（CIP）数据

花团锦簇 / 郭楠著. -- 武汉：长江文艺出版社，2020.10

ISBN 978-7-5702-1419-8

Ⅰ. ①花… Ⅱ. ①郭… Ⅲ. ①长篇小说－中国－当代 Ⅳ. ①I247.5

中国版本图书馆 CIP 数据核字(2020)第 002476 号

责任编辑：田敦国　胡金媛　　　　　责任校对：毛　娟
封面设计：璞茜设计　　　　　　　　责任印制：邱　莉　杨　帆

出版：长江出版传媒 长江文艺出版社
地址：武汉市雄楚大街 268 号　　　邮编：430070
发行：长江文艺出版社
http://www.cjlap.com
印刷：湖北新华印务有限公司

开本：787 毫米×1092 毫米　　　1/32　　印张：9.125　　插页：1 页
版次：2020 年 10 月第 1 版　　　　2020 年 10 月第 1 次印刷
字数：89 千字

定价：32.00 元

BEYOND BLOSSOMING

Contents

目　录

花　团 / 001

Chapter One / 005

花　团

在浓郁的芒果香味里，梁晓怎么也想不起自己第一次见到这小岛时的情形。他闭上眼睛却仍然可以看见一片炽热耀眼的金色，树木茂盛、繁花似锦的岛屿矗立在蓝色的海面上，浪花轻轻地抚摸着人工铺成的沙滩，繁忙的港口，高楼林立的商业区，整座岛屿设计成一座大花园的样子，生活区、街道、商场镶嵌在大大小小的公园之间。即使身处闹市，梁晓仍然可以闻到大海的味道，混合着浓烈的芒果香气。

这一带种了很多芒果树，最高大的两棵正在他家门前，枝叶略呈收拢之势。树下是红褐色雕花大铁门，门两边立着一对雕刻精美的小石狮子，狮子脖子上系的小红布条颜色已经褪尽了，不仔细看分不出。大铁门里面一半是瓷砖一半是草坪，瓷砖上并排停着一辆旧款的银色宝马七系和一辆新款的深蓝色宝马X5。新款的是他的，旧款的是他太太的。草坪上有两棵姿态优美的鸡蛋花树，一棵开出来的花是殷红的血色，另一棵树是标准的黄心白花，偶尔风把花吹到游泳池里，鲜艳娇嫩的颜色在蓝色的水面载沉载浮。沿着院墙种了各色花草树木，摆放着姿态各异的盆栽，这些盆栽大多是三四十年前栽下的，以满福木、富贵花、野柿居多，也有海芙蓉、锡兰叶下珠……屋檐下靠墙的瓷砖地上整齐地堆放着儿童户外玩的玩具。靠近木门处有一盆罗汉松，错落有致，层次分明，大处开阔，小处细腻。一方紫砂盆古雅朴拙，上刻"宁静致远"。细小的叶子有时会被风吹到泳池里，和那些鸡蛋花一样，泡上一段时间，就渐渐沉了，但不会沉多久，又会被女佣用带小网子的细长竿子捞起来。连周围的邻居都知道他家特别爱干净，沾不得一丝一毫的灰尘。

一个邻居开着一辆新款的敞篷保时捷从院子里飞快地倒出来。热带炙热的阳光下，藏蓝色的软顶和枣红色的车身反射着刺目的光芒。这些年在这里买地皮的中国移民多了起来，连房子带院子推倒重建，那红蓝瓦粉白墙的南洋式样的房子便一个一个的少了，多出许多现代派的大洋房来，深色高院墙，茶褐色玻璃，森严的摄像头……线条、材料、配色……无一不透着著名设计师的功底，和他们喜欢的新款宾利、保时捷一样簇新硬冷。

他微微眯起眼睛。温润的海风带着蒸腾着的馥郁的花香海浪一样向他袭来。那辆保时捷转了方向盘，轰鸣

而去。炙热猛烈的阳光照在脸上，他忽然想起那时飞机

降落在这海岛上时的情形。

Chapter One

夜来香

他第一次坐国际航班，买的最廉价的机票，因此需要再三转机。机舱狭小逼仄，他长时间地凝视着机舱外广袤的黑暗，将额头贴在冰凉的舷窗上俯视着大海，偶尔海面上会有散乱的、珍珠一样的微弱亮光。起飞之前他找空姐要了报纸，也没看两页，就塞在前面的储物袋里，一路上散发出油墨的味道。在长时间的飞行里，他的脑子里充满了各种各样的胡思乱想，思绪胡乱飘着，此时的他想着随身包包里的那本诗集，是难得的精装本，赭红色的布封皮些微泛着些白，他想起里面的一首小诗，"渔夫，砰的关上车门，然后，驶离了那片湖泊。"他尽量巧妙地舒展了一下双腿，觉得愉快起来。

飞机开始降落的时候舷窗左侧出现了巨大的壮观的发光体，密集璀璨的灯光勾勒显现出海岛的轮廓，飞机从夜空中缓缓降落，像一艘巨轮徐缓而温柔地驶进繁华的港湾。出了机场，发达的都市掩隐在藤蔓繁花之中，带着热带植物香气的海风抚过他的身体，他仍然有一种恍惚感，仿佛抵达的不是港湾，而是一艘正准备起航的巨大邮轮。他甚至能感受到来自船内引擎的轰鸣与颤抖。

语言学校的学生宿舍位于热闹的居民区，三个房间，每个房间住两个人。等他都安顿好了已经晚上十一点多了，室友孔松杰才从外面回来，一面热情地跟他打招呼一面认真地审视着他的物品。两个人聊了聊，发现彼此背景都差不多，又年纪相仿，是班上年纪最大的两位，心里又多了几分亲近。当看到他的床沿边挨着墙摆了一排书的时候，孔松杰这才放松下来粲然一笑，说，"这个班上看书的人恐怕也就只有我们两个。"

这所语言学校的学生大多家境良好，课上得懒散，对于吃和玩倒很认真，常常一起高高兴兴地结伴出去找餐厅。也有同学打电话回家说吃不惯南洋的食物，家乡菜便来了，抽了真空，用联邦快递寄过来，大家热热闹闹地换着吃。他和孔松杰很少参加这些活动。孔松杰喜欢一个人往外跑。他没有地方去，学生证又不能打工，手头也没有宽绰到可以经常和其他同学一起到处吃吃喝喝，因此更宁愿待在宿舍里看书。宿舍里没有空调，两个人合资买了一个小而圆的镀镍不锈钢电风扇，一天到晚开着，缓缓地摇着头。晚上睡觉开着窗户，有时会被吵醒，有时会被热醒，都醒着的时候就会聊几句。"总有机会的。"孔松杰总是说，"机会总会来的。"

孔松杰个子不高，很瘦，特别注重穿着和发型，常常穿着松垮变形的三角裤在房间里认认真真地烫衬衫，他的衬衫件件都别出心裁——颜色跳脱的门襟，过肩上的绣花，镂空小银角子，黑底暗花，白底碎花，枝枝叶叶铺了一身。修剪得层次分明的头发被精心地染成深棕色，用吹风机吹得竖立在头顶，再用发胶固定。这个发型既缓和了他古板的脸型和严肃的表情也与之形成了有意思的不协调的对比。他带过来的书都是令人望而生畏的心理学著作。当梁晓将带来的艾略特诗集推荐给他的时候，他一边在脸上显现出宽容的微笑一边说："倒不是说我不欣赏这些，只是我不想浪费宝贵的时间，去读那些充满诗意的东西。"他看了看梁晓又说:"你别误会我,心理学是这个世界上最有用的东西。而这班上最需要务实的恐怕就是我们两个了。"

虽然来的时间也不长,但孔松杰人脉很广,每天忙来忙去的有许多的应酬和聚会。中秋聚餐就是他带梁晓去的。前一天晚上孔松杰在外面待到很晚,结果起来晚了,又要洗澡换衣服还要吹头发,着急说这下只好打车了,便问他要不要一起,大家平摊车费,吃饭的钱可以不用出。他问都有谁去。孔松杰说宋婷婷也去。

宋婷婷是他在班上很谈得来的女同学,他常常和她谈论他喜欢的诗人,在喧嚣的路边大排档背诵自己读书时代背熟了的诗歌。她曾和他单独吃过几次饭,两个人轮流请来请去。最后一次两个人在美式餐厅吃烤肋排,喝啤酒。排骨多汁嫩滑,沙拉冰凉味道足,洋葱圈里面酥软甜烂。一切都很愉快。买单的时候照例争抢了一下，她从钱包里拿出一张大额钞票，夹在服务生递过来的收银夹里，等了好一会儿不见服务生回来找零，催了两三次那服务生也始终没回来，她便笑着说，要不然算了，不要了吧。他当时非常吃惊，这吃惊反映在脸上，宋婷婷看见他那表情也有些惊讶。后来他听其他同学说宋婷婷不仅在班上长相打扮都是最精致的，家境也是最好。今天听见有她，他便快手快脚换了件新买的Polo衫。

聚会的场所居然是五星级酒店的中餐厅，雕梁画栋，描金嵌碧，大包间里正放着《彩云追月》。在场的人除了孔松杰没一个是他认识的，他又不好意思马上走，见孔松杰对面有把椅子空着，只有坐下来盯着孔松杰看。孔松杰坐在两个中年女人中间轻声诉说他的学习情况，去了哪些地方，又拿过茶单殷勤地问她们喝寿眉还是铁观音。

几个打扮精致的中年女人插坐在年轻男人中间，坐在他旁边的女人友好地对着他笑笑。另外一边坐了个男生，正紧皱着眉头看着桌子上的开胃小菜。穿着黑色制服的服务生走上前笑眯眯地问，"各位太太，人到齐了？点心可以上了吗？"旁边的女人忽然问，"你来了多久？"他一愣，提高声音回答，"半年。"那女人皱着眉头瑟缩了一下。他更觉尴尬，其实没必要提高声调。她看起来比他母亲还小一些，头发刚染烫过，形状优美地膨胀开来，一片漆黑，银粉色的真丝旗袍上用金银细线勾勒出一团一团的绣球花，涂着粉的白皙的皮肤松软细密，描画过的柳叶眉下面的眼睛微微弯着，里面全是水汪汪的笑。

一小笼一小笼的点心从他们中间上来，干净利落地堆了一桌子。"可以帮我叫小辣椒加酱青吗？"她微微歪着头侧脸细声说，仿佛是对着他说，却不看他。他没明白，"什么？酱青？"还没等她重复，旁边的女服务生立刻微弯下身说："颜太太要小辣椒是吗？"又微微提高声量看着站在门口的服务生说："小辣椒加酱青！"

一个小白碟很快就被端了上来了，黑褐色的液体里面泡着鲜红的辣椒。"我们管这个叫酱青。"颜太太略不好意思地说，举起三只手指轻轻托着腮，"你们叫什么？""酱油。""哦。我们的酱油不是这样的。是……比较厚的那种……"旁边的那个男生伸出筷子夹了一个虾饺，他一边微微点头一边也跟着夹了一个。"你要不要？"颜太太忽然转脸看着他。"哦。我不要……""你不吃辣？""也吃的……"那虾饺里面非常烫，水晶皮在嘴里咬破了有极热的蒸汽出来。他红了脸，低了低头，仿佛若无其事一般吞了下去。

点心很快就下去了一半，服务生不停上前撤下空的小笼屉，小瓷盘子。桌上的男人大部分似乎彼此都不认识，除了学生，也有过来工作的，还有过来陪读的。几位太太互相讲广东话，都做了头发，修得尖圆亮泽的指甲反着包房顶上射灯的光。她们又用普通话笑着说，想帮一帮初来乍到的，熟悉一下，她们这帮姐妹也正好借机聚一聚。大家呢讲一讲，笑一笑。熟悉下啦。他不敢和她们对视，只盯着孔松杰看。有几个男生仿佛和她们很熟，举止亲昵，贴脸搂腰地开玩笑。一边努力说年轻，另一边努力否认。"陈太太您这身材哪里像是有三个孩子？""上次同学还问我几时在这里有个姐姐……"

他旁边的颜太太倒是最安静的一个，气定神闲，微微笑着，吃了饭口红褪了一半，她的褪不像其他人那样围着嘴唇褪成了一个圈，而是整个颜色都淡了下去，唇线和轮廓都很淡的嘴唇显出一种粉嫩来。"你很高大。"她忽然看着他说。他不知道该怎么回答，只点头笑笑。"嗯。你很高大。"她仿佛肯定自己的话一般又重复了一遍，"长得也好。"她又说，然后便像等着回答似的看着他。"我……在国内也算高的。""很好。很好。"她又慢慢拿起筷子，"都熟悉了吗？""很多地方都去过了。"她又放下筷子，说："很好。"他夹了一筷子萝卜糕。"都习惯吗？""还好。""这萝卜糕是 XO 酱炒的……可以蘸点那个辣椒酱吃……哦，对，你不吃辣。""都吃的……"他小声说，一抬眼看到孔松杰正看着他。孔松杰迅速转开了目光，低下头拿起桌上的小白毛巾，在嘴角两边轻轻擦了擦。

一顿饭下来，颜太太的发卷微微散开了，露出戴着钻石耳环的耳垂来。层层叠叠的钻石镶嵌而成的小莲花像是浮在耳垂上。轻快的广东音乐放了一圈放回来了，又是《彩云追月》，坐在孔松杰旁边的太太笑着用小牙签插了一小块冰皮莲蓉月饼慢慢嚼着，又呷了一口寿眉润了润嗓子，忽然起了兴，放下筷子曼声轻唱，"明月究竟在哪方？白昼自潜藏，夜晚露毫茫……"唱了一段，另两位太太笑着和了上去，"难逢今夕风光，一片欢欣气象，月照彩云上熏风轻掠，如入山荫心向往……"

游泳池旁边的灯光十分昏暗，黄色的灯光照得颜太太的珍珠耳环像是镀了一层金，龙眼大小的深海珠连带配的碎钻和白金托都泛着温润的金色微光。烧烤的油滴下去，哧的一阵白烟，空气中仿佛多了一片油腻的纱，过好一阵子才散开。

烧烤台旁边是偌大的一个奥林匹克标准泳池。有女孩子穿着暴露的比基尼哗啦一下从水里出来，湿答答的就跑到烤台旁边拿啤酒，地上一串性感优美的湿脚印。围着烧烤架聚着的人不论男女脸上都像刷了一层清油，大冬天里穿着短袖吊带，皮肤被夜色和灯光弄得油黄。周围是一幢一幢的公寓房，晾晒着衣服的小阳台，透出黄色白色灯光的窗户，轻柔的窗帘……这个城市忽然温暖亲切起来。应该带点孜然粉来烤羊肉串。他跟自己开了个玩笑。他下了课直接赶过来的，穿着厚厚的长牛仔裤和球鞋，闷出一身油。拉得很长的斜阳照在身上，像冬天的太阳，这时候倒有一种令人愉悦的熟悉感。温热的空气里有一丝若有若无的植物香气，不知道谁往那炭火里撒了香茅，随着大家爆发的笑声，一下子蒸腾起一片南洋的味道。他没有带礼物来，因此不好意思拿啤酒饮料，只站在那里看着他们。

　　颜太太拿着罐冰啤酒笑着走过来，将啤酒递给他，"上次你说你是哪个地方来的？"他又答了一次。她穿了一件黑色的中式 T 恤衫，上腹部处绣了好几朵颜色饱满的长茎罂粟花，花心里缀着黑色小米珠，金色皮拖鞋里十个脚指头涂成珍珠白，拉了他在泳池旁的躺椅上坐下。"为什么你要来这里？"她问。泳池旁的藤躺椅椅面椅背都低，他坐也不是靠也不是，忽然对她说了从来没有对别人说过，自己也不肯承认的理由。"我是领养的。"颜太太看了他一眼。"我母亲一开始一直怀不上，我运气好，领养了两年后就生了个弟弟。"旁边有人喊她，"可以吃了，来尝尝？来啊……""去拿东西吃吧。"颜太太柔声说。

这个邀约，他没有跟孔松杰说，现在倒有些后悔了。他一个人都不认识。他们彼此谈得热闹，没一个人理他，颜太太也忙着和他们说话开玩笑，不再看他。他拿了一盘子老虎虾，又拿了些鸡翅膀小香肠，烤台那边围着的人彼此高声招呼着交谈说笑着，大家都仿佛没看到他似的，他找了个远一点的小圆椅子坐下。东西烤得不太好，很多地方都糊了，老虎虾另外一边黑了一片，鸡翅膀外面糊了但是里面靠近骨头的地方还是生的，带着血。他不好意思再放回去，丢了又觉得太浪费了，只有慢慢吃。

　　他们聊得很热闹，一阵一阵哄笑。等大家都吃完了他才知道原来还有炒饭和炒粉，又过去拿了一点，胡乱吃了下去，那粗糙的炒饭塞在嘴里有一种贴心的安慰。透过一扇扇窗户，可以瞥见一些住家内的物品、吊扇、吊灯、空调的一部分、柜子的一角、客厅里圣诞树上闪烁的橙红蓝绿的小灯。洗碗的声音，说话的声音，隐隐约约的钢琴声……天已经黑透了，烧烤的烟彻底熄了，这一幢幢公寓显得冰凉坚硬，只有那若有若无的香气渐渐清晰起来。

他想了想，还是走过去跟颜太太说了一声。她慢慢陪着他往外踱。"明天还要上课？"他点点头。"他们这里的花开得好香。"她忽然吸吸鼻子问，"这是什么花的香气？"他摇摇头。她四下里看了看。"好像是夜来香？"她往旁边走了几步。黑乎乎处有几朵白色的小花。"夜来香。"她说。他第一次见到夜来香，没想到竟是如此的不起眼。她微弓身子，将一侧的头发捅到耳后，凑近了闻，深深吸了一口气，"好香……真的好香……"

他坐在公车上怔怔地看了会儿外面的街景，然后拿出电子字典胡乱查着，查到的不是邓丽君就是李香兰，又看到关于夜来香的英文文章，说夜来香代表着危险而又充满禁忌的快乐满足，voluptuousness 这个词他不认得，在电子字典里先按了发声，跟着念了一遍，又再看意思，看到是丰满性感，感官享受，再往下看，骄奢淫逸。他啪的一下子关上了电子字典。他的电子字典是梁夕用过的，本来就有点坏了，外面的壳也有点要散架了似的，因为他要出国所以给了他了，这样一关，就崩出一块黑塑料来，不知道弹到车厢哪里去了。他也不去找，只转头看着车窗外。

琴叶珊瑚

过年前大部分学生都回家了，剩下的同学不多，也不怎么聚在一起，大家都各忙各的。孔松杰天天早出晚归。在那聚会之后，孔松杰就没有再约他一起去哪里。他约了宋婷婷几次，她都说有事。他和其他同学参加过一两次活动，都是些学生，那些女生的包包里塞着雨伞和水壶，从快餐店拿的纸巾，穿着凉鞋和肉色的丝袜……有些热情奔放，有些高傲冷漠。他既不享受这种社交联谊的乐趣,也不觉得能解决任何问题。晚上一个人在房间的时候,他常常拖把椅子拿本书坐在窗前。蒸腾的,陌生的,密集的城市从窗户里灌进来,汽车尾气,炒菜油烟里隐隐约约带着大海的味道。这城市犹如一艘行驶于夜间的豪华巨轮,繁华的最外面是空荡荡的黑暗。繁华的最里面是他。

大年三十那天他又再约宋婷婷一起吃年夜饭,她说她父母过来看她了,下午带他们去海边晒太阳,然后晚上一起在酒店吃自助餐。她没有问他要不要一起,他也就不好再说什么,打算如果大年三十没人叫他去哪里聚,就在宿舍看诗集算了。大年三十那天宿舍里一个人没有,他给家里打了个电话,他母亲在电话里问怎么过年,他说等下要和同学聚会,大家一起包饺子,明天去海边晒太阳,中午到五星级酒店吃自助。他母亲在电话那头听起来有些不自然，仿佛欲言又止，最后只仓促地叮嘱他开了年一定要好好找工作。

他正要出门去快餐店的时候孔松杰居然回来了。两个人一起兴冲冲地去打包麦当劳，又在附近的便利店买了几瓶啤酒和一些小吃。房间里的那张小桌子上堆不下，只有把一些小吃放在地上，边吃边聊。谈到以后，孔松杰倒很淡定，讲的话也都很正面。吃喝到最后，已经没有什么话讲，啤酒都已经温了，也没能熬到转钟。收拾的时候孔松杰忽然说，"颜太太说明天请你一起去她亲戚家吃饺子。""哦？""一起去吧。"孔松杰说，"反正你待着也是待着，光看书也没用。能看出什么来？"

等到都睡下了，不知道过了多久，外面忽然爆出一阵欢叫声。孔松杰说，"转钟了。"沉默了一会儿又说，"这会儿老家应该在放鞭炮了。"又过了一会儿说，"新年好啊。"他应了一声。他父亲说没下雪，但那水泥地在冬夜里一定是白白的仿佛铺着一层雪似的，灰白色的墙冻在那里也像是有雪，刷白了树干上也像是有雪。冷丝丝的空气从结满油腻子的抽油烟机里灌进来。这个时候外面应该看不见人影，到处是冷冰冰硬邦邦的水泥和建筑，但却能听见邻里邻居各家传来的热闹的欢笑声，春晚的声音，搓麻将的声音，鞭炮声……还有那各种裹了糖掺了芝麻甜到发腻的小吃，瓜子壳上湿濡濡的温暖。热带的风从窗外吹进来，一阵潮湿温润将他包裹了起来。

他看见这房子，脑子里忽然想到"巍峨"这个在这小岛几乎用不上的词。颜太太正站在大门口院墙外面，可能因为过年，她特别打扮过，一身肉粉色的三分袖旗袍，从腰间一直到过膝的地方都绣着饱满热闹的深粉色牵牛花，花旁绣着一只蓝背红肚的翠鸟。头发用水晶玳瑁夹子盘了上去，绛紫色蕾丝鱼嘴鞋里露出的涂得鲜红的大拇指。她对着他们摆摆手，"进去坐。"声调松软细密，仿佛盖了一层粉，带着些漫不经心，不诚心似的。

屋里很热闹。宽大的客厅里的大长红木桌子上摆放着各式各样的食物饮料酒水，居然还有两瓶开了的XO。丰盛的食物被堆在一个个大白瓷盘子里。还有一些肮脏的白瓷盘子被丢得到处都是，有些空的，有些里面装着吃了一半的食物。瓜子壳，花生皮，薯片渣子飞了一地，空的饮料瓶子东一个西一个。有两个刚刚找到工作的男生坐在沙发上讲找工作的过程以及申请工作准证的步骤。这类话题总是不乏听众的。孔松杰一进屋就不知道跑到哪里去了。他还是没带什么礼物，但是这次安之若素了，拿了个盘子盛了食物站在沙发旁边听那两个男生传授经验。

　　一个满身大汗的精瘦的中年女人出现在门口，左右手提着两个大塑料袋，扬着声直着嗓子用浓重的北方口音问，"放哪儿啊？放哪儿啊？"她见没人搭理，将鞋甩在大门口，一路往里面走，脚趾用力勾着大理石地板，两条胳膊上的筋肉暴出来，一边回头一边说，"这个要赶紧下啊，饺子要赶紧下出来……"过了一阵子她又走了出来，转身在门口穿鞋，看着这一屋子的人，茫然了一会儿，又探身高声重复了一遍，"要赶紧下出来啊！"说完站在那里不信任地看着他们，只有他忍不住应了一声。她见有人应了，像是放心了，低头穿好鞋子走了。他想着她刚才手里的那两袋应该是速冻饺子，过一会儿那皮要粘了，于是放下手里的盘子和杯子往里面走。经过一个狭长的走道，里面是间厨房，厨房整个矮下去了。厨房后面是个小院子。那四个大塑料袋被放在厨房里铺着塑料桌布的小桌子上。他费了半天力气才将那打着结的塑料袋解开。塑料袋里面又套着塑料袋，他又再解开。那饺子也不知道怎么包出来的，都是一个一个小骨朵儿，冻的裂了，已经有些化了，黏黏乎乎地贴在一起。"再不下要成了一家人了。"他自言自语。

"你在做什么？！"颜太太一边厉声质问一边从厨房门口闪身进来，旁边跟了一个矮小瘦弱的女人，细小的脸庞顺着耳朵贴着直短发，穿着暗红半旧棉 T 恤，两个人一起看着他。"她说饺子要赶紧下出来。""为什么要下出来？"颜太太皱起眉头。他被问得一愣，又打开塑料袋看了看，确定了一下，说："这是生饺子啊。""生饺子？"她困惑地看了看那堆塑料袋。"有锅吗？"他用手围成一个圈对着她们比画着。"锅，这个要烧水下出来。不然等下就全破了。"旁边的那个女人说，"出去坐吧。你出去坐。"

"再不下就粘了。"那女人的脸缓和了下来，看着他说："出去坐。你出去坐。"

饺子端上来果然大部分都破了，大家都已经吃饱了，剩的食物丢的到处都是，那些破饺子根本没人吃。他不习惯浪费食物，尽量挑了些完整的。"好吃吗？"他一抬头见是刚才那个穿暗红色T恤衫的短发女人，笑笑说："我包的比较好吃。"她没说什么就走开了。

吃饱了，酒水也喝得差不多了，有人提议唱卡拉OK，说就把卡拉OK设备搬出来嘛，这样的老房子一定有卡拉OK，而且房子这么大，又空，把门窗关了开空调，唱起来有混响效果。过一会儿，有人问出来说这房子里居然没有卡拉OK，没什么玩的，就是个吃。大家都惊讶了一番，有人说这附近坐两三站路之外好像就有一家，于是热热闹闹地你推我搡地一下子走了一大批，剩下的也三三两两地走了，一屋子的人不一会儿就散了，只剩下杂乱的垃圾和残羹。

孔松杰仿佛从这房子里消失了一般。这房子大的空空荡荡，却到处都是拐角。他一路找到厨房，厨房里只有刚才那个穿暗红色T恤的女人，正站在水槽前低着头全神贯注的认真地擦洗着什么。他退了出来。在厨房外面的过道处有一个半掩的房门，开着一条小缝。他轻轻推开门。孔松杰背挺得笔直地坐在靠窗的一个小凳上，颜太太交叉着两腿坐在床沿，微微挺着后背歪着脖子，一脚鲜红欲滴映红了孔松杰的眼睛。孔松杰正讲得起劲，背着光的脸上显现出悲愤的神情，他忽然推门进来，孔松杰便掉转了脸，颜太太一扬脸，漾出笑容，"进来坐。"他掩上门退回到客厅里，等了一下两个人也没出来。他站着没事干，看着这一屋子的狼藉实在觉得不好意思，将几个空盘子叠起来，那骨瓷盘子非常厚重，一摞拿在手里很沉。他想起厨房里那个低着头洗刷的女人，干脆多叠了几个，抱着走进厨房。

那女人还在水槽前低着头，垂到前面来的头发跟着身体一晃一晃，整个人的注意力都在水槽里的那些东西上，她忽然感觉到他的存在，怵然回头。"这些盘子我先放这里了。"她也不说话，只是盯着他。"外面还有很多。我帮你收进来吧？"等了一会儿不见她表态，他转身出去，又收了些盘子筷子。往里走的时候正撞上孔松杰从房间里出来。颜太太跟在后面低着头忙着用手抚平小腹处旗袍的皱褶。孔松杰看着他手里的盘子愣了愣，说，"我来帮忙一起收吧。"

那女人坐在厨房的小桌子前，一只胳膊顶在桌面上。

"阿姨。我放这里了。"他说。那女人只坐在那里看着他，还是不说话。厨房里阴暗幽凉。空气中仿佛充满透明的凉丝丝的细密的胶，阻隔了外面的阳光和热气。颜太太跟在孔松杰后面进来了。孔松杰放下手中的盘子，说："这盘子还真是不一般的沉。"颜太太笑着说，"不用你们弄这些。我说带我的女佣过来，她都不要，她要自己来，她喜欢自己来。"她一边说一边满意地看着那个女人，"她要自己慢慢收，慢慢洗。"那女人这才站起身来，重复颜太太的话似的，"不用了。我喜欢自己慢慢收，不要紧的，慢慢洗。"

　　颜太太送他们出来时天已经黑透了，陪着他们在大门外的马路上慢慢踱，马路旁种着整排的琴叶珊瑚，一朵朵大红的花顶着花心，护着米粒大小的未开的红色蓓蕾。厨房里的那女人从大门里走了出来，穿着真丝藕荷色半袖旗袍，斜襟上是深紫色的凤凰盘扣，腹部是几株姿态苦硬的墨梅，头发用玳瑁水晶卡子拢到后面，耳朵上一边一只金边珐琅红蝙蝠。她身量瘦小，穿了旗袍显得更瘦。三个人都一愣。"再来玩啊。"她说。他们应了一声，也不知道还能再说什么，就走了出来，朝着公车站的方向走去。走出一小段路，梁晓回头，两个女人仍然站在门口看着，仿佛承受不了路灯的光芒一般眯着眼睛，似笑非笑，似哭非哭。

九重葛

颜太太和林太太经常喜欢约学生一起做慈善，说是做慈善筹款，其实只是让他们做义工，在搞义卖或慈善活动的时候出点力气当个人力，又或是捐赠米面油的时候让这些男生帮忙搬一搬。颜太太常常一边开着宽大的捷豹一边对支棱着脖子坐在后座的学生说，"做善事，只要做就好。有钱的出钱，有力的出力。善事不论大小。你们出力气和我们出钱是一样的，报应这种事是不分贵贱没有区别的。都会有善报。大家都会有善报的。"林太太话少，难得眯眯笑一下，紧绷的面皮和眼角就轻微皱起来，有时候看着他，那笑就延伸到抿得齐整的头发里去了。他喜欢这些活动，在当地人当中学着不明白的传统规矩。不知道为什么，这些既熟悉又陌生的传统习俗让他感觉亲切踏实，听不懂的福建话潮州话海南话客家话交织成一张细密吵闹的网，仿佛在温柔地欢迎着他。

为了感谢大家的帮忙，林太太和颜太太偶尔会送些东西过来。有时候送到学校，有时候送到他宿舍。大家看到她们来自然都很高兴，提来的食物每次都很快被分光。如果他不在或是去得晚了，林太太会专门留一份。

她不知道听谁胡说说他爱吃甜，每次拿来的东西里都一定会有甜食。那些男同学在递给他时都会促狭地笑着说："糖心的，很甜的。"后来连宋婷婷也来问是不是有个阿姨喜欢他。那些活动他便不去了，再后来他只要听见不疾不徐的两双半跟皮鞋的脚步声，就会觉得几分不自在起来。

一次林太太专门抱了一个鞋盒大小的烤箱来。"上次来的时候看见你们喜欢吃吐司面包，这东西总要烘一烘才好吃。你们早上都怕麻烦，不爱吃早餐，不可以的……"又从塑料袋里拿出几个鳄梨和巧克力酱来，"鳄梨可以用来擦面包，烘好的面包，这些鳄梨可以慢慢吃。"她走了以后几个同学研究了一下那个鳄梨。"用梨来就面包？"孔松杰将信将疑地捏了捏鳄梨。"兴许是南洋吃法。""就好像油条配咖啡。"另两个同学用总结的语气说。几个人研究了一下，觉得既然是梨，肯定是要削皮的。他拿了把水果刀将鳄梨削了皮。"怎么面成这样？""梨不应该是脆的吗？这么硬，又没有味道。"孔松杰皱着眉头说。大家硬着头皮将剩下的鳄梨吃完，才将那小烤箱拆开来。那个小烤箱做得很精巧，设计时尚，红白相间，圆头圆脑。他们将它放在厅里，谁也没用。过了一段时间，有个新来的学生来玩看到，稀罕地说，"哟，这居然是个烤箱呢。高级！借我用用。"那烤箱就不知道被拿到哪里去了，一段时间后又出现在教室里，烤箱的门已经关不上了，但还是有人用它烤红薯土豆鸡翅膀方便面和冷冻的沙爹，弄得肮脏不堪。林太太看到也没有说什么。孔松杰倒觉得很不好意思，只说一年的语言学校快要读完了，以后真不知道怎么样，回国也不一定，现在也想不出什么办法。

　　其实他们也没有说假话。接下来真是不知道会怎么样，他父母在电话里非常发愁，不断抱怨。"夕夕成天闹说应该先送他出去……当初借了钱让你先出去……借的钱你记得一定要连本带利还……"即使就在旁边梁夕也从来不和他讲话。偶尔他在电话里可以听到他和年轻女人的调笑声，在父亲的为难和母亲的埋怨中，通过电话传到这一头来，清脆潇洒，无忧无虑。他知道他们舍不得。他们有他们的安排。也不算委屈了他，既堵了梁夕的口，也到底算是堵了他的口。他想。

他发了无数封求职信，他本不是什么好学生，只有把读书时的课外活动，获得的极小的奖，在市晚报上发表的豆腐块这些经过适度的夸大和稍微的编造认真严肃地用中英文写出来。有一次学校里的那旧电脑不知道是不是中毒了，Word 文档里全是细小的点，求职信和简历也一样，像是替他急出了整身汗。

第一个有回音的居然是一间很大的传媒公司。这个消息在学校里引起了轰动。这种大公司是他们这种读语言学校的想也不敢想的，偏他走投无路碰上了。招的是中文的文案。他足足提前了两个小时去那家公司，路上转了两趟车，公车站离公司还有很长一段距离，长袖衬衫和西装领带是临出国前他妈带他去买的，专门找工作用的。买的时候衬衫和西装都有些偏大，只是他妈说国外的人都吃黄油牛肉，很容易胖，买大一点总比买小好。他那时就觉得不太好看。但也没说什么。来了新加坡以后倒瘦了不少，因此更显得大。今天第一次拿出来穿，居然还带着些家里的味道，穿在身上有些晃荡，但他倒不觉得难看了。

面试官是一个中年女人，细小身材拢着肩，妆容精致，有着顺滑的丝一般的披肩发，他从前台走到面试的房间经过了许多扇门和细小狭长的走道，看见这女人，忽然觉得她像是通过了公司的紧张而疼痛的阴道生出来的，肩膀上包着肉色的纱巾一样的胎衣。

她小心地拉着纱巾，轻而慢地翻看着简历和表格，喉咙里微微发出哨哨的声音。他在心里重复背诵着各种英文面试的词汇和句子。过了好一阵子，那女人开口了。"你对广告有什么认识？"居然是低柔的中文。他准备好的英文一下子全堵在了嗓子眼。那女人拉了拉披肩又说："平时有听收音机看电视吗？""有。""那说说看你印象深刻的广告？"他很想说一些构思巧妙，凸显中文文字精深和美感的广告，但一时间想到的都是麦当劳必胜客那些重复性高的广告。那女人友善地笑了笑，又去翻看简历，然后拿出两张纸来，"我们希望可以有一个笔试。这是某个房地产开发商要推出的新项目，你看看广告词怎么写，控制在二十秒之内，给我八个文案。"他弯身从放在地上的包包里掏纸笔。"哦。不不不。"她说，"你拿回去做。三四天应该够了吧？做好了送过来就好了。"

他将自己关在房间里整整三天，连课也不去上了，吃饭也是让同学给打包回来，再不就是弄碗泡面。八个文案他来来回回反复编排推敲，直到改无可改，才送了过去。

等了好一段时间，另一个工作机会才来。那男人的声音亲切而有磁性，在电话里说他是猎头公司的，帮一家很大的跨国公司物色翻译，他们代表的都是大公司，办准证这些都不成问题，又问英翻中比较好还是中翻英比较好。他老老实实回答英翻中。"那中翻英你可以吗？""不太行……""不要紧。那我就给你英翻中。"说完等了一会儿，见他没什么问题，便说会给他一份笔试资料，笔试通过了再安排面试。他忙说没问题，又问什么时候可以去拿。"哦。不用。我发电子邮件给你。我有你的邮箱。现在有电子邮件多方便，不用跑来跑去，也比较环保。还省车费。"那男人在电话里呵呵呵地笑了起来，"拿学生准证的嘛。我理解。不容易。你们不容易的。看看我能怎么帮到你。"他一时也不知道说什么好，只能又重复了几遍谢谢。

　　一直等到收到了带着附件的电邮他才放下心来。一共十页纸的密密麻麻的小字英文，全部需要翻译成中文。那男子在电邮里写说，委托他的公司特别要求速度，所以总共只可以花五个小时。出于信任，让他自己计时，一定在五个小时内完成。字体放到正常之后，页数一下子加出了将近一倍来。翻译到一半的时候，他心里有些怀疑什么样的公司需要完成这么庞大的技术英文的文件来考查申请者的水平，但是时间赶，顾不上多想，只能集中注意力不停地翻下去，连翻译带检查修改整整花了两天，课也没去上，又不敢照实说，就只把翻译好的电邮回去，其他什么也没写，发完了邮件离开电脑的时候看什么都带着层黑，看什么都觉得不真实。只有那被用的发热的快译通在他的裤袋里贴着他，那点温度让它仿佛是一个小而可靠的活物一样，透过塑料精密而善解人意地贴着他，靠着他，带给他一点证明和安慰。

他等了一个多礼拜。这次他鼓起勇气打电话过去。那个男人在电话里听起来还是很可亲，只说那边的公司还没有给他答复，如果要的话，他可以催他们一下。又过了两个礼拜，他再打过去要说法，那男人亲切地说，"我理解我理解，如果要的话，我再催催他们。学生准证嘛。不容易。我明白。"再过了一段时间。他就放弃了，只心里有些疑惑，但又不能确定，也说不出来，时间长了也消化不掉，生成了一个小小的愤恨的硬核，但这核又无凭据，有时候会硌一下，有时候又没有。渐渐地，也就习惯了。有了那个核，他在异国他乡受的委屈都像是都有了依附。那些刺心的，也渐渐地磨圆了。

他开始不管不顾起来，只要对方稍稍表示出兴趣，他就满口答应下来去面试，有好几次都是到了那边，面试到一半对方才说哦原来你是学生准证啊，我们没有办法给你办工作准证……啊不好意思，简历我们没有看清楚。虽然面试没有　次成功，但能有面试，希望总是可以抱得久一点，从地铁站口出来的时候，从公交车上下来的时候，在公司前台等候的时候，那种也许这一次就成了的感觉还是很好的，仿佛一只虚空的小小的金色铃铛发出的振奋，仿佛演奏开始之前的蓄力与宁静。

一次面试出来，他觉得非常疲倦，又正赶上下班的高峰，到处都是步履匆匆的人，每个人仿佛都赶着要去哪儿，只有他整个身体像是要往地上去。他想着出了地铁站还要走一段路去转公交车，下了公交车又要走一段路才到宿舍。那两段路仿佛从故乡走到这里又走回去般的。他拖着走到出租车站，上了一辆出租车。黄昏的金融区是流动着的，新加坡作为花园城市名不虚传，马路两旁的植物正是繁盛，在夕阳中像是刚穿上了盛装，准备迎接五光十色的夜晚的来临。他漠然地看着外面的街景。紫红色粉白的九重葛开得荼蘼，热情奔放地散开来。那层层叠叠的成片的花苞霓虹般映到了车窗上。他想起语言学校的老师跟他们说的，九重葛的明亮的色调被人们称为"新加坡粉"。出租车司机开着收音机。他听见收音机里忽然传来熟悉至极的广告词，他反复推敲过的词语被一个男人的声音和一个女人的声音互相配合着念了出来，连节奏和停顿都和他安排设想的一样。他一愣。广告只有十几秒，收音机里又传来了音乐声，放的是首老歌。放了两首歌，又连放了一个家居用品一个按摩椅和一家旅行社的广告，广告过了之后是交通讯息，交通讯息过后又是两个不相干的广告，然后又开始放歌了。

他收起了向前探着的身子，慢慢地靠在了椅背上。他想起班上有个同学曾经说过的一句英文，那同学说是形容有钱人的——"这世界就是我的牡蛎"。他没有吃过牡蛎，他家乡没有这个东西，同学里倒是有相约一起去吃生蚝的，吃了都说好，从新西兰法国澳大利亚空运过来，什么品种，怎么吃，多么新鲜，柠檬汁滴下去会缩一下。不知道为什么这个时候他忽然想起这句话来，对他来说，这个世界就是牡蛎壳，生腥冰冷，坚硬锋利。一划就是一道口子。那口子也泛着腥气。

电话在这个时候响了起来。林太太问晚上能不能去她家一趟。也没说有什么事，也没说为什么，只问了这么一句，问完了便等着。

黄　蝉

到了林太太家天已经黑了。路灯照在林家院墙上的盛开着的黄蝉，仿佛金黄色的华盖一般。林太太靠着木门等他。见他来了，将他带到餐厅。红木餐桌上摆着一桌子菜——咖喱鸡，亚参虾，清蒸鱼，烧猪脚，咸鱼蒸肉饼，香菇菜心，还有一大碗豆腐鱼汤……两个青花瓷小碗里米饭微微冒尖。没有酒。林太太穿着半旧的家常衣服，让他坐下吃饭，吃饭时她也不说话，只给他夹菜，然后又给自己夹菜，看着他吃。吃了一会儿，她站起身来，

"我给你盛一碗汤。"说完在桌上找了一下，然后走去厨房，手里拿了个小碗从厨房回来，刚坐下又站了起来，走进厨房，很快又出来了，手里拿了一把厚实的长柄白瓷勺子。瓷勺子碰在盛了汤的大瓷碗里，叮的一响，又叮的一响，然后咚的一声放在他面前，四下太过于安静，红木餐桌上的回响便显得有些惊人。那汤也不知道怎么熬的，白而浓，面上漂着结成团的白胡椒，乍看上去像虫子灰白色的卵，里面垫了淡绿色的生菜，隐隐有些腥气。住家的其他部分都隐在黑暗里，只有这个亮着灯的餐厅。周遭的一切都隐去了声音，只有两个人动筷子和动嘴的声音。从他坐的位置，能隐隐看见外面那一大蓬黄蝉花的背面，一个个矩圆形花尾向外殷切地伸着。

过了一会儿外面有一辆汽车刷刷地过去，她便借着声响说："吃多一点。"又过了一会儿说："这个是猪脚醋。

我女儿最爱吃的。"说着微微站起来一点，夹了一筷子猪脚，夹起来又放下去，又站起身来，又走进厨房，过了一会儿出来，把手里的小圆盘子放在他面前，又夹起刚才那块放下的猪脚，放到他面前的小盘子里。"阿姨，这么大房子就你一个人住啊？""我先生比较忙。很忙。他不回来的。"

那猪脚烧得非常黏，里面像是有一只只蚂蚁大的小手在扯着他的嘴。啃完了猪脚他觉得非常饱足，放下了筷子。她又盛了一碗汤，放在他面前。"这鱼汤里我加了牛奶，也不知道你吃得习惯吗？"他第一次听说往鱼汤里加牛奶的，也没说什么，只勾着头把那一碗鱼汤也喝了下去。她看着他将碗底两块豆腐也吃了下去才满意地给自己也添了一小碗鱼汤，小白勺一叮嘴里一滋地慢慢喝了下去。

饭到了这里，算是吃完了。两个人都不说话，在橘黄色的灯下寂静地坐着，隐隐听见隔壁家传来模糊的电视声。"我有样东西送给你。"她站起身来。"不用，不用。"他捏起自己的碗筷，"阿姨。我帮你收拾了吧。""不用，不用。"林太太捏住他的手，"放下。放下。放在这里就好，等下我慢慢收。你知道的，我喜欢慢慢收。""那我去一下厕所。"

　　除了厨房，其他地方的灯都是黑的。她一路啪啪啪地按着灯的开关，房子里一块一块亮起来。"一楼的厕所客人用的。你用三楼的厕所吧。"她踩在木楼梯上跟猫一样无声无息，走路很快，黑色的裤子有力地向上移动着。三楼的厕所铺着浅灰色和淡粉相间的瓷砖，显得很雅致，马桶水箱上种着一小玻璃盆绿萝，大理石的洗手台上整齐地摆放着清爽的女性用品，散发出一种粉嫩的少女香气。他洗了手，盯着挂在洗手台旁边的灰色毛巾看，然后在上面轻轻印了一下，反过手来又再印了一下。

"我女儿的房间在这一层。"林太太在厕所门口等着，见他出来微微地笑着说。"哦。她人呢？""在英国读书呢。学艺术。""我也喜欢艺术，我喜欢文学艺术。"他说，见她没接茬儿，又问，"阿姨大部分时间都是一个人住吗？""嗯。我都是一个人住。习惯了。"

他往外走的时候她也不挽留，不知道什么时候手里拿了一个透明塑料袋装的白色软塌塌的东西，像一只死掉了一段时间的水母，散发着一种难以言说的味道，那味道像成了形，屈在那塑料袋里左突右突。她走到门口停住了，身子依在门上，细长的手伸出来，像是要拉他一般将那团东西伸向他。他只有又走回到门内。她一双手拆得飞快，塑料袋簌簌作响，"你看看合适吗。"兜头就往他身上套。那 T 恤衫的质地不是很好，又厚，有一股味道，白 T 恤上涂着各种各样五颜六色没有形状章法的颜料。领口处就小了，他闷在里面挣扎了一下。那味道在他身上软塌塌地静了下来。她高兴地笑了起来。"好了。好了。"一边说一边在他胸前拍了拍。"很好。你穿着很好。"又轻轻拉他转身，在他后背拍了拍，"可以洗的。这个说是可以洗的。"她仰着脸，路灯照过来，院墙上一墙的黄蝉都映到她眼睛里了，两只手紧紧抓住他的小臂，身子倾向他，似期盼又似哀求一般地看着他。他往后退了一步，低下头弯腰够了球鞋过来，一脚踩进去，那球鞋已经穿得很旧了，鞋带早就不用再系了，他蹲在那里来来回回系鞋带，再直起身子，满脸通红。一直走到公交车站，他才意识到自己还套着那 T 恤，正想脱，车来了，车上冷气足，人也多。从车窗玻璃看着，这衣服又显得合身了，也不觉得热了，只觉得那簇新的味道混着颜料的味道一阵一阵拱上来，轻柔地拱着他。

那天之后林太太没有再和他联系，他觉得有些意外，但也没有主动去找她。那些男生还是喜欢开他的玩笑，问他最近怎么林太太没有拿东西过来吃了。好怀念。又问林太太的老公请不请人，飞黄腾达了别忘了老同学，给安排安排工作，办张工作准证。干什么都行。他们一边看着他一边隐晦地笑着说，干什么都行。那天晚上仿佛不存在，只有揉在墙角的那件 T 恤衫在深夜里会散发出淡淡的颜料味道来，那个夜晚便渐渐清晰起来，林太太眼睛里的那一团团黄蝉在黑暗里开得到处都是，一个一个鲜黄的矩形圆洞都对着他。

林太太再拿了蛋挞和咖喱角到他宿舍已经是一个多

月之后了。孔松杰那天刚好不在，她就坐在旁边看着他吃。她仿佛变了一个人，脸上画了点妆，眼皮上嘴唇上都闪着粉红色的光，人年轻了许多，衣着也鲜亮了，穿了身淡紫色镶湖蓝边的中式改良半袖T恤，笑眯眯的，话也多了，说她已经计划好了去中国走走看看，让他推荐一下哪里有好玩的，"哪里都可以，但最好是假期，你也一起去。大家一起去。"她笑眯眯地看着他说。他吃着温热的蛋挞喝着冰凉的薏米水，说他应该很快就要回国了。她呆了一下，笑僵在脸上，脸上的纹路都向着相反的方向去了。

他把剩下的蛋挞全塞进了嘴里。那蛋挞的皮有点硬，吃起来一嘴的渣。"工作实在不好找……学生准证再过一段时间就到期了。如果要延，学费又贵……养父母催得紧，现在也想不出什么办法，实在是……没有办法了……

你……"他低着头，一边说一边看见细小的酥皮屑从嘴里飞出来，一点点，又一点点。

等了半天也不见她接话，他只有抬起头来，见她一脸毫不掩饰地忧伤和失魂落魄，看见她这样，他心里居然生出一丝不忍和感动，又不好说什么，只有再低下头，继续嚼那蛋挞。她身量瘦小，头发垂到前面来，那姿态仿佛认错的学生一般。他想起第一次见到她在厨房里水槽前低着头认真洗东西的样子，伸出手在她的背上轻轻摸了摸，又拍了拍。她忽然抬起头说："我女儿上个礼拜刚从英国回来。不然你来我家玩玩吧？你们年轻人……一起玩玩……你来？"

对于林太太的女儿，他唯一的印象是那间镶嵌着浅灰色和淡粉色瓷砖的厕所，只觉得她应该是一个很雅致的女生，又是学艺术的。连着两个晚上他都梦到穿着藕荷色旗袍的少女，有着南洋式的仿佛涂了层清油般的小麦色健康均匀的肤色，细而长的眉眼，身子枝枝蔓蔓地弯着，凸凸凹凹，梅花开的东一朵西一朵，到处都是虚实难分的曲线，散发着洗手台上少女的洗发水沐浴乳的味道，然后不知怎么的她就变成了裸体，绿萝遮挡虚掩腰身，两腿微开地坐在浅灰色的擦手毛巾上。他记得那块擦手毛巾干燥柔软。她的身体泛出珍珠般细腻的光亮。

半夜醒来他清洗了自己，拿起了床头的诗集，默读了起来，读给她听。

七里香

书房位于二楼，面积大小适中，老式双推窗户，窗棂是半旧的白色，有点像放黄了的珍珠。窗户外近一点的是鸡蛋花梢，远一点的是成团的紫绣球。六扇门的胡桃木书柜靠墙摆放着，深茶色的厚玻璃，看不清里面放的什么。书桌上放满了各种画具颜料纸张和一些关于绘画的书籍，书桌的一边顶在墙上，那年轻的女子气质娴静，将肩膀顶在墙，大半个身子斜倚在墙上，在纸上画着。林太太笑着介绍。"舒怡，林舒怡。"舒怡抬起头来对着他微笑。她长得非常像她母亲，身量瘦小，皮肤白而细嫩，气质娴静，不施脂粉，不用离得太近就能看得到皮肤底下细细的血管，只是头发是长而厚的黑直发，瀑布一样倾泻下来，衬得脸愈加小，她穿着一条宽松的水洗蓝牛仔裤，白色的大 T 恤胸前画着各种各样五颜六色的色块，尽管那些色块没有章法，但看起来还是显得很素雅，整个人简直像一个高中生，神情也带着几分天真。林太太说："你们……说说话。我去给你们倒杯茶。"

书桌底下放着一个音响，从里面流淌出大提琴声低沉稠密，她仿佛骑坐在那曲子上一般。他既不懂古典音乐也不懂大提琴，正好问道，"这是什么曲子？""杰克琳的眼泪。"她用中文回答，声音轻而乖巧。他没有听过这曲子，也不知道该怎么接话。她等了一会儿见他没有再说话，又低头去画画了。"你在英国学什么？"她对着面前的固体水彩，水彩铅笔，调色盘等了努嘴算是回答。A3尺寸的画纸上勾勒的细细密密的，缤纷的色彩层层叠叠一圈一圈的仿佛有光荡漾，再仔细看不过是颜色的差别营造出来的光的效果。美术绘画他也一窍不通，不知道怎么再讲下去。房间里好一阵尴尬的沉默。她忽然看着他，脸上带着认真而好奇的表情说："你知道杰克琳杜普蕾吗？"问完了微微张开细而薄的淡红色的嘴唇，等着他回答。"不知道……"他涨红了脸。"这首曲子就是她演奏的。""哦。""有一部关于她的电影。"她又拿起一支非常细的画笔。鲜亮的柠檬黄在轻微可闻的大提琴声里轻微地颤动着。"电影里面说她想和她的姐夫睡觉。""什么?""她爱上了自己的姐夫,她姐姐的丈夫。希拉里和杰奇。"她补充说,"一部关于杰克琳杜普蕾的电影。有人说那部电影侮辱了她。"她看着他说,"你觉得侮辱吗?"他没看过那部电影,连听也没听过她说的那个人,本来想借机多谈论一下。在这样明亮的午后,那清晰低沉的音乐仿佛将人往某个暗处拽一样。

糕点和茶摆放在竹托盘上端上来又端下去。三个人在客厅里看着电视吃着茶点。舒怡光着脚随意地踏在茶几上,那双脚也是白皙细嫩,形状修长,有着优美的足弓,脚指头小小圆圆的,一个一个可爱洁净地竖在那里,指甲修剪的短而齐整,仿佛透明的小贴片,在略有些昏暗的客厅里反着电视里的光。吃完茶点后林太太起身收拾了那些盘子杯子。房子大而寂静，人一走开便像消失了一般。"这件 T 恤衫是你画的吗?""是我画的。"舒怡回答，"我设计了很多 T 恤衫，送给朋友，寄给我爸爸妈妈，还有亲戚朋友，他们都可以穿。"两个人安安静静地看着电视，电视里放着美食节目，两个主持人来回卖力地说着。在林太太留吃饭的时候他离开了她家。一回到宿舍他便将那件 T 恤衫找了出来，他怕这涂上去的颜色不经洗，不敢泡水，只飞快地浸了浸，然后用洗澡的香皂在手上搓起了沫，轻轻地抓到 T 恤衫上，然后找孔松杰借了熨斗，隔着微湿的毛巾用低温慢慢烫平整了。

　　舒怡看见他穿着这件她从英国寄回来的衣服，显得很高兴，说:"送了那么多出去，我还没见人穿过。连一句感谢的话也没有。"她画水彩，或者用水涂抹彩铅，总

是喜欢调很多水，一笔下去，画纸上浅淡的水轻微地漾

开来，台灯的光照上去，反着一种微型的波光粼粼的光圈，

就像她厚重的黑发上的光泽，皮肤上的光泽，眼睛里的

光泽。

他从小到大住的都是小房小屋，从一家四口挤一个

房间到和他弟弟挤一个房间，房间里梁夕的东西占了一

大半。大的让小的，他的父母总是这样说。不是因为别的，

而是因为大的让小的，别人家也是这样。家家都是这样的。

太大的房子对他来说显得不真实。只有这间书房，

尺寸如他和梁夕共有的房间，窗外疏影离离，隐约的音

乐，他坐在自己的房间里和来家里玩的女同学一起写功

课，梁夕不在家，时间凝在了木头，书籍，铅笔，颜料，

纸张的味道上。女同学纤细柔弱，白而薄的皮肤，淡粉

色的嘴唇，天真的微笑，温柔的眉宇，都是那么迫切地

需要他的呵护。

学生准证延了，他又报了一年的课程。对于这样的决定，家里几乎是一边倒的反对。"你就别在国外浪费粮食了！"梁夕在电话旁笑着高声喊。"赶紧回来还钱吧！你看？我说吧，不是一家人不进一家门，这早知道还不如我出去呢。那现在你俩也出去了，肯定正在吹海风晒日光浴了……你俩还偏说要他先出去打前站，现在不回来了吧？"挂了电话，这边还是海风日光浴，茂盛的枝叶繁花，热带水果的香气，还有铅笔颜料纸张的味道。他便将其他都抛到脑后了。

周围的男同学还是乐此不疲地开着他的玩笑，问他最近怎么林太太没有拿东西过来吃，又问林太太的老公请不请人，飞黄腾达了可别忘了老同学。他不愿对同学多说，但终究忍不住，半夜里对孔松杰说了舒怡的事。孔松杰听了，说了句挺好，过了半天，又说了句挺好。过了两天，宋婷婷来问他。他没办法，只有硬着头皮解释了一番。宋婷婷听了也没说什么。

他把自己从国内带来的诗集，拿了好几本到她的书房。她翻动着他的书的时候他感觉有一种异样的战栗，仿佛她翻动的是自己。那些书从他青春时代就陪着他，现在在她细而白的手指间，就像她从青春时代就陪伴着他一般。她的手纤瘦，骨头突在白而薄的皮肤下，搁在他的书页上，就像是一个他一直拥有珍爱的书签一般。梁夕曾经有一个小而薄的象牙书签，是别人送给他父亲的唯一的一个珍贵的礼物，细长精致，梁夕虽然不喜欢看书，但是对那书签倒是视若珍宝。那象牙书签四角微凹，看起来就像舒怡皮下指骨。舒怡的手摸上去就像象牙一般冰凉而又温润，带着一种细密的坚硬，而这种坚硬在他手里又是如此的脆弱，他只要轻轻一用力……当然他是舍不得的。

舒怡把书柜打开的时候他探头往里面看去，这一看倒哑然失笑，又不好意思笑得太明显，往下拉了拉嘴角，缩了缩脖子。书柜里面根本没有几本书，都是些大大小小各种质地的箱子盒子。那些箱子盒子里面除了各种画具，居然还有二十来支钢笔。他以前曾经对着字帖刻苦地练过钢笔字，也收集过钢笔，便将那些包装精美的钢笔一个一个打开来看——木头笔杆，皮质笔杆，金属笔杆……有着繁琐复杂的雕花，镂空，拉丝……上面镶嵌着红色绿色蓝色的晶亮的彩石，手感沉重，转开笔帽，每一支的笔尖上都有着异常精美的雕花刻字。其中几支对笔，设计的恰好互相呼应，仿佛一对处处都契合的情侣。

"爸爸以前的一个女朋友喜欢收集钢笔。我便说我也喜欢，妈妈就让我也收藏。"她打开了一个造型独特的钢笔盒子。"后来收藏的多了，就喜欢了。""墨水和钢笔是分开的？这些钢笔难道都没有上墨？没有用这些钢笔写过字？"他惊讶地问。她笑了起来，随即又往下拉了拉嘴角，缩了一下脖子没说什么。她把书柜里的东西挪了挪，将他的那些书放在她胸前的一层。

舒怡性格乖巧安静，他拙于言辞，也不喜欢到处乱跑，两个人乐得一起在这舒适的书房里看书听音乐。有一次舒怡画着画着突然关了音乐。一直在房间响着的古典音乐忽然一下停了。"不想再听了。"她说。音乐停了之后，书房里像是被拿掉了什么一直存在着的很占位置的东西一般。这房子四周都是极小的马路，连接一幢幢的别墅，因此特别安静。他好一段时间都不能习惯那种安静。在他觉得有些拘谨的时候，舒怡就温柔地看着他。那种温柔也是安静无声的。"我读诗给你听吧。"他忽然说，然后便拿起诗集读了起来。她就这样静静地听着他读，有时候会凑过来看着他的书，微微贴着他。胸脯会压在他的手臂上，轻微的呼吸喷到他拿着书的手上。有时她则会老老实实坐在书桌前，随手画着那些诗集里的分隔符，有的是小小的简单的一个波浪上下有两个小圆点，有的则是比较复杂的矢量图案——常春藤，麦穗，权杖，齿轮，三叶草，旋流……她一个又一个地画过去，在他停顿的间隔能听见她笔在纸上沙沙的声音。

不知不觉就下雨了，窗玻璃上雨痕斑斑，雨在窗外纷纷扬扬地洒落下来，不大但却非常细碎安静，仿佛下雪一样。"我家乡的雪就是这样落下来。"他轻轻在她耳边说。她厚而黑的头发发出淡淡的洗发水的香味，再往下是细软的耳轮，她的耳垂小而圆，仿佛一颗大小适中的温柔的深海珍珠，脸上的皮肤细滑到令他起了一阵难以忍受的战栗。她总是有点害羞推脱的，那埋下去的形状优美的头颅，细小的肩膀，黑而直的长发仿佛都在羞涩地推着他。他便开始给她讲他家里的事，读书时的事情……她偶尔笑笑，偶尔评论两句。他讲到激动地时候，她就皱着眉头凝神看着他。他慢慢地也就平静了。

林太太每一次都坚持留他吃饭，他每一次都找借口推托了。但这天雨一直下到傍晚，虽然雨不大，但天空中滚过一阵阵暗雷，是要转成大雷雨的样子。林太太便说有粥菜，马上就可以好。舒怡要去厨房里帮忙，他不好意思干等着，也一起进了厨房。两个人又被林太太笑着赶了出来。舒怡便带着他绕到厨房外面的后院。前院的植物都整齐有序，开阔工整，而后院的植物却多的出乎意料，枝叶藤蔓都呈现出放任自流的乱长的恣意姿态，多到彼此遮盖，郁郁葱葱，花香幽幽。

舒怡指着院子里的一棵木瓜树介绍，"妈妈以前还会做木瓜沙拉……那边还有菠萝……"他不熟悉热带的植物，总觉得菠萝应该是长在高大的树上，而且是难以见到的作物，顺着她指的方向看过去。那些菠萝真的是长在离地不远的地方，婴儿拳头般大小。木瓜也不大，青绿色，看起来又秀气又可爱，吊坠在细而直的枝干上。忽然一声尖厉的嘎叫。他冷不丁被吓得一哆嗦，嘴里哎呦一声。角落里的一只色彩斑斓的金刚鹦鹉，翅膀伸展着扑了扑，羽毛炸开来瞪着他。舒怡看到他那样子，难得的咯咯咯地大笑了起来，单薄的肩头一抽一抽的，微微仰着头，头发也跟着身子晃动。"这是妈妈养的鹦鹉。"

她笑着走过去拿了一小包塑料袋，从里面掏出一个肥大的腰果，用手指捏着喂到鹦鹉嘴边。"它会说什么吗？""什么也不会说。只会怪叫。妈妈很疼它，从来没有勉强它。"

那只硕大的鹦鹉用圆圆的眼睛死死盯着他，那眼睛看起来很奇怪，毫无生气的呆板中仿佛又带着一丝灵巧。"小时候常常有鹦鹉飞到我们家来，小小的一只一只，颜色非常漂亮。后来有一天居然来了一只比较大的鹦鹉，竟然住下来了，不走了，翅膀又大，又不是很会飞。爸爸说一定是别人养了不想要的，所以才丢到我们家来了。妈妈没办法，只有养起来，有时会站在这里跟它说很多话。"那鹦鹉吃着腰果，嘴一张一张的，歪着头。"就是这一只？养了这么久？""这只是后来妈妈买的。之前那只养了很久，有一天不知道怎么的夜里非常不安生，一大清早我去看它又抓破了我的手，流了血，先去看了医生才上学，放学回来之后便不见了。""好养吗？""都是妈妈在弄。她说鹦鹉对伴侣对主人都是很忠诚的，一心一意，寿命很长，所以养鹦鹉是一辈子的事情，好像一个承诺。"

热带的雨说不准，才不过一会儿，雷也停了，雨也停了，天也又重新放亮了。舒怡搓了搓手指，将那包坚果放好。有一两朵七里香的花落在了地上，她过去弯身捡了起来，一转身正好一大滴水从木瓜树上落下来，正落在她的鼻子上。她吓了一跳，轻轻地啊了一声。他忍不住笑了起来。舒怡也跟着羞涩地笑了起来，白皙瘦小的脸庞仿佛身后湿答答的七里香花。林太太正好出来叫吃饭，不知道他们笑什么，也跟着一起笑了起来。她穿着半旧的珍珠白素色旗袍，头发拢在后面，有一种旧式南洋女人的风韵，站在屋檐下，又正好一大滴水啪的一下滴到她脸上，她一愣，这时舒怡忍不住又放声大笑起来，林太太一边用无名指轻轻抹去脸上的水一边也放声笑了起来。

一起出去的时候她喜欢走他后面一点点，食指亲密地勾着他的一根皮带袢，半依偎着他。她特地换了连身裙，厚重的黑发用和裙子同色的细缎带系起来一半，做成公主头的样式，愈加像他以前读书时的同学。有她在旁边，这个城市就不一样了。他提议去市区。她先是说没有什么要买的，都用不着，一会儿又说服装店里人太多太闹了，倒是很久没看钢笔了，不如去文具店看看。他听了很高兴，他一直想送她点什么，但又想不到送什么，想着送支钢笔应该不错。

一个年轻的女店员在里面整理着桌面上的几张收据单，见他们走进来便放下东西招呼他们。钢笔都被锁在玻璃展示柜里。她坐在皮椅子上，脸贴玻璃很近，玻璃上微微起了一小圈白汽，然后用纤长白皙的手指轻轻一点，仰身往后让让，那店员便打开玻璃拿了出来。他也让店员拿了一支笔身上有描花的出来握在手里来回看着。

"莳绘限量版。"那店员简短地说。他看那笔身上的画确实活灵活现，连动物身上的毛羽末端的笔触都非常清晰。

"多少钱？"女店员拿起计算器，按了几个数字，礼貌地微笑着推到他面前。他没想到他半年的生活费居然都不够换这一支钢笔。

吃完饭他提议去图书馆。到了图书馆他就放松了下来，带着舒怡走去他常坐的角落，那边人少。图书馆的四周镶嵌着很多巨大的透明厚玻璃，两个人选了几本书，面对面坐在大玻璃旁，慢慢地翻看着书。他选的是原版的诗集，舒怡选的是大开本的画册，她光着脚轻轻地踩在他的小腿骨上。过了一阵子外面下起雨来，他便移过去挨着她坐，她侧过头看着他笑笑，又再低头看书，从他这个角度，还能够看见她嘴角余留的笑意，过了一会儿那笑意更浓了，过了一会儿，笑意消了，微微抿着嘴，皱着眉头。又过了一阵子，图书馆外面的路灯亮了起来，玻璃里面起雾气，仿佛加了一层毛玻璃，外面的草地树木街景从里面看出来成了一块块朦胧的绿影子，灰白色涂抹的建筑物，还有路灯橘黄色的光晕，他知道这水汽益然时外面看里面是一片模糊，只有日光灯冷森森的白光下恍惚的影影绰绰。

他放松地坐着，图书馆里有一个小间的咖啡馆，偶尔传过来咖啡和松饼的香气，他觉得非常惬意，有一种一切在他掌握之中的笃定和轻松，仿佛要考的全是他背过的诗集。他的小臂忽然一疼，舒怡翻动画册，那页面太大居然划到了他的手臂，一小道白色的印子很快变成了红色。舒怡哎呀一声，抬起他的胳膊来，凑近了用嘴轻轻吮吸着。他失了控，贴着他的唇的头发没有任何的气味，再往下是小小的耳朵，细软的耳轮，珍珠一样的耳垂，脸上的皮肤细滑到令他起了一阵战栗。她的一切都是他的——小鸟一样的舌头，紧闭着的眼睛，微微颤动的睫毛，怯生生的胸部……一切的一切……都是他可以掌控的。

舒怡的嘴巴微张着，柔软湿润的舌头在里面，仿佛被撬开的生蚝，轻轻颤动，甜美生鲜。在这个到处都是噼啪噼啪打开的生蚝的世界里。她是他的。她的一切。他的快乐随着水汽从这个小小的图书馆的角落盎然地扩散开来，在雨中的整个岛屿都被他的快乐笼罩着。他将手握拳，轻轻地用手掌的侧面盖在巨大的玻璃上的那层雾气上，盖了以后又用手指在那个印子上面又点了四个小圆点，成了一个小脚印。她又笑了起来。他一左一右地盖了一串过去，那玻璃上便有了一串小脚印，都朝着一个方向，有条不紊，步履坚定。

舒怡开始比较活泼了，整个人像是放松了，也开始注重打扮了，虽然仍然是不化妆，但是不再总是牛仔裤配白T恤衫。她喜欢有少女感的素色净面连衣裙，有时是小圆领有时是一字领，软而贴的面料搭在她的身体上，勾勒出浅浅突出的胸部，骨盆和臀部，总穿一双裸色平底亮漆皮芭蕾鞋。

两个人有时候一起吃个饭，有时候看场电影。她喜欢看电影但又讨厌人多的地方，因此他常常陪她一起挑选影碟买回家。她钟爱节奏缓慢的艺术片，大多是法语配英文字幕，而他则喜欢那种被她形容为不能动脑子的好莱坞科幻大片。每每在客厅里看文艺片的时候，里面会有些色情的场景，虽然每次林太太都尽量躲着他们，但他仍然是觉得非常不自在，舒怡却安之若素，一边慢慢地呱唧呱唧地吃着薯片海苔之类的零食一边看着电视里的做爱镜头。偌大的房子两个人待的最多的就是她的书房和客厅，她从来没有让他进过她的卧室。可能因为林太太就在楼下，虽然从来不上来，但他也不敢造次。

两个人止于亲吻。有时那些文艺片里的色情场景让他觉得难以忍受，对她的搂抱和抚摸更用力了一些，她也是淡淡的。她的乳房如一把小而圆的西施壶，里面的茶凉了，细腻清净，他怎么焐也焐不热。在他觉得特别难以忍受的时候，她便会调皮地让他用身体顶着书房的门，缱绻在他膝前，眼睛忽闪忽闪的。结束之后，他又满足又羞愧，觉得对不起她。她还是那样淡淡地微笑着看着他，眼睛澄澈莹洁，黑白分明，仿佛什么也没有发生过，看见她那样，他每次都觉得更加羞愧了。

胡　姬

梁夕对他继续再待下去的决定非常愤怒，在电话那边对着父母大发脾气。他是想飞离笼子的，家里管他管的又严，又舍不得。机缘巧合让他先出来了。"哥，我不是针对你啊！我是针对爸妈！"他在旁边扯着嗓子喊。他只作听不见，在电话里宽慰他妈。"不加什么钱的……我过得省，我手头也比较宽裕了……教补习……偶尔能挣一笔……应该是很快就可以开始还钱了……"

其实有些时候他倒希望出来的是夕夕。他是一直希望和梁夕调个个。这件事情也不例外。在国内找一份工作，守在父母身边，每天上班下班，简简单单处个对象，生了孩子以后母亲想带也可以帮忙带带……哪里像这里。

哪里像现在。他和夕夕反了，想安稳的被弄出了国，想飞的被拴在了父母身边。但是既然已经出来了，他的想法就不一样了。之前给父母夕夕买好的东西照样带回去。那套迪奥不用买了，换了个女朋友。他给各个亲戚也买了些包装精美的榴莲糖芒果干之类的南洋特产。装箱的时候他想着光是吃的也不行，又另外每个人加了一个镀金的胡姬花钥匙扣。

回家不过三天他便微微胖了些，但还是远远不及以前。他父亲本来说要和他好好谈谈，但看到他之后却没说什么，他从早上起来开始便是吃，在家吃完了出门和同学吃，和同学吃完了又回家吃。烟自然又抽起来了，酒也喝了个够。虽然只是秋天，但还是有些凉了。一出门那冷就扑面而来，他穿得少，总是会有些哆嗦，双手插在兜里，稍微弓一弓身子，那冷便清脆地充盈在他四周。同学亲戚嘲笑他说热带回来的人到底是不一样，不怕冷。其实他不过是想把这冷攒着。

家里没有他的电脑，国际漫游电话短信都贵，房子小，他身边常常都是有人的，他便没有和舒怡联系了。但他每天都会想她好几次。愉快的时候会想，不愉快的时候也会想，想到舒怡，周围的一切仿佛都浮起来了，舒怡那边倒清晰了，热带的气息穿了过来，湿热的海风，茂密的植物摇曳生姿，对着他散发出浓郁的味道。一冷一热隔得这么远，这边却显得那么的不真实，那边仿佛一个清晰的梦，他随时可以回去继续的梦。故乡的一切倒像是走个过场了。

接到舒怡电话的时候他非常惊讶。他走之前她特地要了他家里的电话，说怕万一有什么事情。他几乎都把这件事忘了，再想不到她会打电话过来找他。声音还是沉静乖巧，声音不大，但是那边安静，所以听得很清楚。他母亲正在沙发旁看电视，看见他的样子，便留神聆听起来。他又说了几句。那边没有挂的意思，好在梁夕不在，他便拖了电话到房间里去讲。其实两个人也没有讲什么，也没有什么事情是不能当着父母面说的，大部分时间都在沉默。她忽然小声问他想不想她。他刚要回答，梁夕忽然推门进来了。他只有嗯了一声。那边又沉默下去了。梁夕也没有要出去的样子，倒噼里啪啦弄出许多响动来，那边问是谁，他含糊地说是他弟弟。那边哦了一声。梁夕听得清楚，对着话筒的方向干脆利落地哈啰了一声算是打了个招呼。舒怡咯咯地笑了起来。然后梁夕便安静了下来，背对着他，在那里不知道摆弄着什么。电话那边也安静了下来。在这安静里，这一头和那一头连了起来。

他只听见那边的声音，过一会儿又静默了，这静默里也是有声音的，他仿佛看得见那房子，看得见她。

　　回新加坡之前他和他母亲长谈了一次，关在他的小房间里，夕夕被支出去了。其实就算不支开他，他也是常常不在家的。只是他在家的时候便围着梁晓左右，仿佛防着他什么似的。梁晓觉得有些好笑——那他那些不在家的时候呢。他母亲问那天是谁打电话找他，是不是从新加坡打过来的，讲了那么长时间。他便把林舒怡的事情跟他母亲说了。他母亲先问长得漂亮吗，好相处吗，又要照片看，他说没有。她又问家里父母是做什么的。他只说她妈妈在家没有做事。他母亲仔细地问舒怡父亲的工作。"搞建筑的。"他含糊地说。"建筑工程师？""也不算是。类似吧。""什么样子。""差不多，就是那种样子。"

他想着舒怡和林太太的样子，"瘦。很瘦……嗯……见过，戴个安全帽，穿着胶鞋，指挥。"他母亲又再问舒怡的样貌性格，这次他便说的比较仔细了，加上他也确实非常想她，详细地描述出个舒怡温柔乖巧地浅笑着坐在他娘俩旁边。"好的。"他母亲看看他说："很好的。"再又看了看他，说："真想不到。"

和母亲谈完之后已经很晚了，梁夕也没回来，仿佛他不在家他也不存在似的，他想着，把已经整理好了的随身行李又打开来，从里面拿出钢笔字帖来。新华书店里有的钢笔字帖都被他买齐了——行书，楷书，行楷，瘦金……唐诗，宋词，元曲……那些名言名句，经典美文翻起来像他年少时摘抄过的本子，亲切熟悉。他又把墨水拿出来，纯蓝，碳素，蓝黑……一样两瓶，用卫生纸层层叠叠包了起来，外面再套了塑料袋，乍一看像一个一个的大包子。钢笔他买了英雄和永生，一样三支，挑的都是最好的，他分别上好了墨水。这时候把弄着这些读书时买过的东西，他觉得非常思念舒怡，他这样想着她，她像是跟着一起来了，到处都有她，仿佛她是他年少时一部分似的。他很高兴自己明天就要走了，家里倒像是异乡了。另一边却觉得异常熟悉起来。他顺手拿出一支钢笔，又从抽屉里拿了一张纸，铁画银钩地写了一句，"他的心已经飞到了她身边。"他看着自己写下的肉麻俗气的句子，微微笑了起来。

　　林先生个子不高，人有些胖大，皮肤微黑，穿着半正式的短袖墨绿色衬衫和黑色的长裤。可能是因为第一次见面，特别站起来伸出手郑重地和他握了握，手指短粗有力，握完了手又坐回到沙发上看电视，一只脚踏在茶几旁，另一条腿朝侧面打开来。电视上播放的是国内大热的清宫剧，两个年轻人穿着古装正在闹别扭。林太太也一起跟着看。舒怡看了一下子径自上楼了，林太太拉住他，他只能又坐下，又过了好一段时间，他觉得不自在到了极点，站起身来告辞。

林先生还是坐在沙发上，只是将放在大腿上的手掌对着他抬了抬，笑了笑，然后将两只手对着搓搓，仿佛搓掉什么似的，说："父母来玩过没有？""还没有。""我们做保，让他们来玩玩，来看看吧，都过来吧，来多少也无所谓的，来玩。"林先生豪爽地说，声如洪钟。林太太笑眯眯地说："签证什么的我们来办好了。我们邀请。看一看。走一走。家里人都过来，你弟弟也一起来。大家见个面，吃顿饭。"她的语气慢而笃定，"总要看一看，玩一玩。你给我你父母的电话，我来邀请。"他能听到自己的父母在电话的另一头很客气。林太太一直在电话里说："小孩子懂什么呀。两个孩子关系那么好……你们太客气了。"虽然都是讲中文，但语音语调，遣词用句，甚至连语速都不太一样，难为她可以聊得这么自如又这么起劲。林先生看着他一笑，说，"这事儿就这么定了。"

梁夕的女朋友一见面便问他到底是在机场买迪奥比较划算还是在市区买了再退税比较划算。他不太懂这些，一下子就被问得愣住了。父母从出了机场开始便一直反复说这温度差异太大，大冬天的一下子脱了羽绒服穿起了短袖短裤，那一下子感觉露在外面的手脚都不是自己的，真是别扭，觉得不自在。他设想过很多次自己找到工作赚了些钱后把父母弟弟接出来玩，带着他们到处转的情景，没想现在居然是这样的情形。梁夕对这里反倒像是更熟。"有朋友来过，在这里也有朋友。"他熟门熟路地说，室内室外都戴着一副雷朋墨镜，本地通一样安排去哪里玩，那附近有什么著名的景点，小吃和纪念品。他父母的现金怕丢，都放在他那里，他又会用手机支付，因此处处都是他在掏钱，倒像是他带着他们一家子玩似的。

　　林家定的是鱼翅馆子。舒怡穿着林太太之前穿过的那件藕荷色的旗袍，一排深紫色的凤凰盘扣，腹部画着几疏姿态苦硬的墨梅。他一愣，觉得仿佛那天林太太替她女儿先见了他似的。父母除了笑还是笑，笑多了感觉更不对了，但是不笑也怪，又笑着赶着问两个女服务员是哪里来的，听口音像是北方人。两个女服务员回答东北，他们又追问东北哪的。一众人当中，只有梁夕显得落落大方，进退应对也很得体。不管什么菜上来，他都利落地先给林先生，林太太和舒怡夹了，又再给父母和女友夹。他这时才摘了墨镜挂在胸前，微微耸起肩膀，和林先生聊得兴起，又把林太太逗得捂着嘴呜呜笑个不停。

聊了一会儿他又摸出刚买的胡姬花旅游纪念币，变魔术给大家看。大家都发出哎哎哎的惊讶的声音。舒怡挨着他坐，离梁夕远，被梁夕的魔术引得坐了过去，让他变第二遍。她侧坐在梁夕旁边放包包的凳子上。那椅子本来离梁夕就近，放在上面的背包，手提包和相机又占了大半，她只能坐个边，这样一来离梁夕更近了。她探着身子盯着梁夕的手看，大半个身子全贴到他身上。梁夕也愣了愣，但又不躲，只慢慢地晃动着细长的手指，那两个金灿灿的胡姬花币在他手里神出鬼没。他低头吃着自己面前的鱼翅，可能他加了太多的醋和胡椒，吃不出鱼翅的味道，他也不知道鱼翅应该是什么味道，兴许就是这种酸辣味。

撒了鱼翅以后梁夕拍着自己的脑袋说，"哎呀呀，差点忘了。虽然说天气冷了，季节也过了，但是大闸蟹还是有的，这应该是全中国最后一批大闸蟹了！被我们万里迢迢专程带了过来给大家尝尝。"说着从椅子底下变魔术一般拿出一个中等大小的小纸箱来。林先生爽朗地对着梁夕笑着说："我们都是些粗人，没有吃过这种东西。"他父母忙不迭地笑着说，"哪里哪里……我们才是真正没见过世面呢。"林先生指了指服务生说，"叫厨房帮忙蒸了吧。"年轻的女服务生面有难色。"我们这里没有这样的呢……"林先生脸上撤了笑，拉着脸沉声说，"叫瑞恩来。"他父母忙看着服务生和林家不好意思地笑着，感觉是他们添了麻烦，这场争端是他们的错一般。

不一会儿进来一位体态丰腴的中年女子，穿着黑色领班制服，"林先生！今天过来怎么没有给我打电话？"

林先生一摆手，"人家专程从中国给我带的大闸蟹，借你的厨房蒸一蒸，不可以啊？"那女人忙一迭声应承，指使着服务生换毛巾，倒了一圈茶，添了一圈酒，又笑着陪着说了几句客气话才出去。

林先生脸往后一仰，整个身子颓然地往椅背上一靠，用新换的小白毛巾严严实实盖了脸，停顿了好一会儿才慢慢地擦了脸又擦了手，又吐了一口气，沉声说去一下洗手间。他出去之后，梁夕端起红酒杯敬酒，很有礼貌的先和林太太碰了杯，又和舒怡碰。碰完了又和父母碰了碰，最后和他一碰，使了个眼色说："雏儿啊。"林太太和舒怡听不懂，依旧微笑着喝了酒，高兴地放下杯子。他父母大惊失色，又不好当面戳破斥责，只做没听见。只有梁夕的女朋友笑嘻嘻地看着舒怡，然后又笑嘻嘻地看着梁晓。

林先生很快就回来了。大家又边吃边聊了起来。梁夕趁其他人不注意，对着他挤了挤眼睛，说："我就知道。"说完便不说话了，只笑着将头晃来晃去，又将墨镜架到头顶上。他个子和梁晓差不多，略微有点吊梢眼，风流从眼角亮闪闪地飞溅出来，脸上总是笑笑的，这几天更是没什么事也总挂着一种秘而不宣的笑容，仿佛一切事情他都知道。

那大闸蟹端上来时泡在酱油汤汁里，上面堆着小雪山一般的京葱葱白丝，大概是为了配颜色，还特地撒了一些鲜嫩翠绿的香菜。梁家都一愣，却不敢说什么。梁夕马上说要给林先生林太太剥蟹壳，林太太笑着摆手，亲自拿了一个，跟着梁夕学怎么去那壳，怎么去蟹鳃，先剥了一个出来给了林先生，在泡了柠檬片的茶水里净了手，又剥了一个给舒怡。他父母从小在妇女能顶半边天的教育下长大，看见林太太这样伺候着，觉得很是惊讶，又不好表露出来。梁夕一边示范一边兴奋地说："下次来给你们一人带一个蟹八件来。有金的。下次我带给你们！"

林先生笑呵呵地道谢。他几次想说话，但一来不知道说什么，二来林先生似乎也不怎么愿意搭理他。他用那蟹的小爪尖，对准蟹柔软的腹部轻轻一戳一挑，将那灰色的蟹心整个扯了出来。原本从小吃熟悉了的鲜味因为做坏了而变得奇怪，但这奇怪的味道中却也有一丝熟悉。他像是回到了小时候，由父母带着出去吃饭，席间都是大人谈话，他只负责使劲吃。一切都是大人的事。那时还有梁夕陪他。现在梁夕倒是长大了。他抬起头看向舒怡。舒怡正好也在看着他，两个人相视而笑。那大闸蟹最里面的一点蟹黄没有沾到酱油，吃起来满嘴鲜甜无比。

在机场的时候梁夕将墨镜戴上又拿掉，又戴上，最后将墨镜推到头顶上，"当初说等他弄熟悉了我就肯定会出国。这趟我也看了。国外也就那么回事儿，没有什么了不起的。你们攒的那些钱不如拿来给我做点什么生意。"一直到现在梁晓才好好看了看父母。他母亲背着个陈旧的老式黑色皮革旅行包，上面印着上海两个字。这旅行包他小时候就有印象，用了有快二十年了，衣服裤子也是穿了十来年的。头发应该是来之前新染的，特别黑，显得头顶稀疏的那块头皮又特别白。她看见他这样子，慌忙说："那个女孩子看起来倒很乖巧的。到时候带回来，带回来住住。带回来住住。""那肯定的。肯定的……"他父亲只是不作声。他忽然依依不舍起来，"现在还早，这边还有些卖本地食物的餐厅，要不要去吃了再走？"梁夕的女朋友急着要进去买免税化妆品，连连说不了，大家也说这早不早晚不晚也不是吃饭的点，况且飞机上不是还有发吃的吗，何必又现在吃。临进关卡的时候他父亲说："我看那家的事儿是八九不离十了。"这时他才觉得心里和喉头松了松，说："爸。妈。结婚的时候再过来。"

悬　铃

颜太太从大门走来的时候舒怡和梁晓正在看一部好莱坞大片。从客厅里的沙发上看出去，能看到院子，大门和大门外面的马路，颜太太连车都顾不上停好，歪斜着靠在门口路边停了。舒怡怯生生地叫了一句："阿姨……"颜太太却连看也不看她，径直快步往厨房走去。舒怡拿起遥控，按下了播放键，将电视的音量调到最高。电视里正好传来轰的一声爆破声，震耳欲聋地回响在客厅里。她却像是丝毫不觉得。电视的音量盖不过厨房里传来的争吵声，广东话说的又急又快。他正惊疑不定的时候颜太太从厨房里走到了客厅，后面跟着林太太，她只是看着他，刚要说什么，林太太忽然用广东话说了一句。颜太太叹了口气，怔怔地站在电视里传来的一波又一波的声浪中，过了一会儿，说："你跟我进来。"舒怡忽地将两只脚从茶几上放下来，啪的一下关了电视，站了起来，走到楼梯口，直着身子慢慢上了楼梯。在一片突如其来的安静中，楼上的门传来轻轻的嗒的一声。

热带下午的光与热从窗户里透过来，像玻璃罩子，被罩在里面的仓皇疑惑开始狼奔豕突，做最后的左突右撞。林太太和大多数的时候一样消失在这个房子里不知道哪个角落。颜太太坐定了，倒又不说话了。他也不说话，感觉忽然恐怖起来，就好像在看一张普通的照片，明知道这照片里有极其恐怖的地方，却怎么也看不出来，看得久了，看得熟悉了，却还是看不出来，也不想真的看出来。现在人家就要在面前在耳边切切地告诉他了。他恨不得将她这个人一起罩起来。

颜太太只看着地板，过了好一段时间，叹了口气，又过了好一会儿，才说："我是相信报应的人。所以以后你不要说我骗了你。"她看了他一眼，又低下头看地板，"舒怡……根本不是从英国艺术学院回来的人，她是从英国的精神病院回来的。"说完她又停住了，过了一阵子又说："住了一年多。"说完了这句话，她抬起头看着他，"她们都让我不要说。反正话我是跟你说了。你们毕竟是因为我而认识的。要不要结婚你自己决定。只一点——以后不要说我骗你。不要说是我骗了你。这报应不要落到我头上。"

窗外一暗，窗台上扑落落地落了两三只粉颈绿鸠，晃动着小小的脑袋，轻轻移动着细小的身体，仿佛有些不知所措似的，叽叽喳喳发出轻柔的鸣叫声。"为什么会住精神病院呢？"她又叹了口气，"这孩子……还是这孩子傻，太善良。她之前有一个男朋友，骗了她，她想不开，钻了牛角尖。听说一开始是不严重，后来好了一点，她又去找那个男人，受了什么刺激，就住院了。""怎么样的？""听说是她的室友先发现的，关在厕所里冲淋浴，冲了两三个小时，水一直放，不肯开门，她同学没办法，搬了凳子爬上去从气窗里看，她站在水里摸自己的身体，脸涨得通红。整个人都不对了。"又是叽叽喳喳几声，那几只粉颈绿鸠扑落落地飞走了，窗台外的悬铃花枝叶一荡，闭卷的艳红花瓣上下晃动着，灰绿色镶着黑白边的翅膀将外面的热气和花香扇了进来，淡淡一股鸟羽的腥臭。

"那男人每次有演出就约她到当地见面，先说是单身，瞒不过去了又说分居也是单身，然后说为了孩子还住在一起，又说是分床……这孩子傻，每次都相信，对他不知道有多好……要什么给什么……后来被骗的次数多了，就常常打电话过去，晚上也打电话过去，去找，去等，不甘心啊……那边就开始不接电话了……"他往外走的时候颜太太还说了些什么，林太太好像试图阻拦了一下。进房间门的时候孔松杰也问了他一两句话。他都没听清，这个世界很陌生，奇形怪状，他平常看到的计划到的变了形，只有那张铺着单薄床垫的小单人床还算形状规矩，床旁边的那几本纸页泛黄的简装版诗集，一如既往地等待着再次给他安慰。他一头扎了上去。

林太太带着黄梨挞过来的时候正好是他去开的门，其他的几个同学都在他们各自的房间里懒得理，孔松杰又不在。林太太将盒子放在客厅里的小桌子上，指着那堆盒子招呼大家，"现做的。快点吃。"其他两个房间里的同学也走到了客厅。宋婷婷从房间里出来，大大方方叫了声阿姨，林太太一愣。宋婷婷见有吃的，又转身进了他房间拿了一包纸巾出来。林太太伸直了手臂指着那包正被人打开的红色塑料袋对着那几个男生说："现做的。快点吃。快点吃。"然后对着他说："舒怡病了。你不要去看看她？打了几次电话你也没接。"说完也不等他回答，就转身出去了。宋婷婷也没管，只拈了一块挞喂到他嘴里，自己也吃了一块，咀嚼着说，"嗯，还真不错。"

晚上的时候他过去林家拿自己的书回来。舒怡的卧室不大，布置得很简洁，红酸枝梳妆台和衣柜，加大的复古式单人床，床头柜上亮着一盏淡黄色的小床头灯，房间里只有空调轻微的吹风声。她穿着吊带睡衣靠在床上，他一直觉得她的睡衣应该是那种淡雅型的，而她身上那件说不上来是什么颜色，鹅黄蛋青墨绿玫红揉搅成一团，真丝质地泛着光泽，她露着肩头和锁骨也泛着光泽，胸前有着粉色的蕾丝花边。她听说他来拿书，将被子掀了起来，站了起来，睡衣的裙摆也有一圈蕾丝花边，她捏着裙摆将那轻薄丝滑的裙子向上拉，从头上脱了下来，只穿着一条贴身的蕾丝三角裤走到床旁边的木衣架那里拿起牛仔裤和 T 恤衫，慢慢地穿好，等了一会儿，说，"去书房？"

书房里还是有着淡淡的水彩，画笔，铅笔的味道，一样的冷飕飕的温度。"妈妈说你不会再来了。""你也没有找我。""我让妈妈找了。她没有说吗？"舒怡叹了口气说："还是和以前一样。我也不知她的话是真的还是假的……妈妈说你打电话说要回来拿你的书。"她在书桌前坐下，看着自己的画具纸张，慢慢拿起画笔，自顾自地画起来。他只好自己打开书柜，书柜里的一切也很熟悉，有一部分是他的——靠近舒怡胸口位置的那一层。他只慢慢地拖延着，一本书一本书往外抽出来。那些书旁边放着他买给她的字帖，顺手抽出一本打开，居然全都写满了，又打开了一本，也写满了，细而长的瘦金体被黑色和蓝黑色的墨水弄起了毛，显得很粗大。他好奇起来，他一直很想知道舒怡收藏的那些钢笔写起字来是什么感觉，他从旁边的木匣子里拿出一支钢笔，转开沉重的笔杆，那笔头还是崭新的，只是被弯成了奇怪的角度，仿佛笔尖处被折断了一般，转开了另外一支，笔尖也被弯成了这种让人难受的形状。他送她两支钢笔也放在那木匣子里。他拔开一支，啪嗒一声盖上，又拔开一支。两支都完好无损，笔尖上舔着小小的墨痕。

她不知道什么时候无声无息地站在了他身后，伸出两只细而长的胳膊，整个人紧紧贴在他身上，肌肤冰凉，瘦脱了形，能隐隐摸到骨头，仿佛一支钢笔，冰凉坚硬，只有那笔尖上那点微湿的墨，这支钢笔活了，颤动了起来，像是抑制着什么，又像是诉说着什么。他在这一刻第一次觉得事情开始真实起来。这房子，这岛屿，这人，连林太太都开始真实起来。当她引导着他进入她的身体时，他感觉到她那边非常的干涩，想起第一次来这里时厕所里那块灰色的擦手毛巾，干燥而微硬，但却不知怎的让人有一种踏实的感觉。她发出了轻微的呻吟，瘦弱的她随着他的晃动而晃动，原本松松系在发尾的发绳滑落在地板上，头发散开来，她紧紧地抱着他，仿佛想把他填满，又仿佛想让他将她填满一样。

鸢　尾

　　筹备婚礼期间，舒怡家一下子变得非常热闹，亲戚来来往往，林太太专门请了钟点女佣帮忙打扫洗刷。那些亲戚当着他的面都说普通话，亲切友好，态度大大方方，说的零零碎碎。林先生的生意是跟着他岳父学起来的，等做熟了他便自立了门户，气得他岳父病了一个月。后来过了几年他岳父听说他在外面还有一个家，又病了三个月，这一病就再没起来了。林先生以前还住在家里，后来他岳父再病了，他便开始两边跑，那边待得多些。这家里风水有问题，他一回来就上火，喉咙痛脑袋疼，喝多少凉茶羚羊角都没用。再后来舒怡在国外也病了，他便基本不回来了。

那些亲戚对待舒怡很微妙，对他倒还自然些。舒怡不在场的时候他们便当着他的面谈论她，送她出去的时候学的西洋艺术，不相干的科目。谁家的孩子不去英国留学？亲朋好友的小孩都在那边，互相照应。家长们相约着一起过去看小孩顺带旅行。那个人好像先说是没有结婚，又说要离婚，又不离了。具体谁也没说得太清楚。有亲戚往天气上怪。那种天气……仿佛是英国的天气造就了那个人，造就了两个人之间的拉扯。造就了舒怡的病。也有人说，艺术家，都是那样，大提琴也是艺术，音乐家，年纪大怎么呢？长得帅啊，又有点名气。也有人说，报应，都是命。注定的。说着说着就说远了，连个感冒都是注定的。听说会遗传？舒怡在场的时候他们便不再谈论这类话题，只是谨慎地看着她，仿佛她是一个摇摇欲坠的细脚花瓶，只有他心里知道，她一切都很好，一切，都很好。他觉得很踏实，这么些年从没有这么踏实过。拍婚纱照的时候他抱着这个冰凉细长的花瓶，两个人都显得那么稳定坚强。

　　婚礼的请柬他只送给了孔松杰和宋婷婷。孔松杰已经找到了工作搬出去了，虽然听其他同学说不是什么好工作，但是至少有工作。星期天的时候孔松杰专门回来看同学，自然是在宿舍里坐坐。他现在的室友是新来的，年轻吵闹，抽烟抽得很凶，好在经常不在宿舍。不知道是因为头发没有剪好还是因为又瘦了的关系，工作以后的孔松杰显得老了一些，发型还是笔直的，只是那笔直有些无力，与他的脸更不相衬了。请柬是舒怡亲自设计的，上面印着她手绘的鸢尾花。孔松杰看着喜帖有些愣愣的，手往裤袋里摸了摸，看了他一眼又拿了出来，说，"你现在是有钱人了。中了大奖了。"他一愣，含糊地说："哪里。

胡说。"孔松杰把那张喜帖拿在手里看了看，盯着印在上面的婚纱照里的舒怡仔细看了看，用开玩笑的语气说，"要是我中了彩票我就交一大堆年轻漂亮的女朋友，当一个花花公子。"说完自己笑了起来，然后正色说，"不过我觉得，人生一世，并不只是为了这些。讲真的，你知道亚历山大大帝曾经问第欧根尼，有什么我能为你做的？他回答说，有。请你让让，不要挡住我的阳光。这一辈子我就希望做那样的人。"说完了两个人都没有说话，静默中恍惚像是回到了以前刚住在一起的时候。孔松杰看着自己伸长的腿。又过了一阵子，笑着说，"你看我的鞋都破洞了。"孔松杰黑色皮鞋鞋头大半个磨成了褐色，他在鞋里晃动着他穿着黑色袜子的脚指头，笑着说："你看！你看啊！"说完脚掌往下一按，那鞋竟然对着他们一张嘴，像一张滑稽的人脸。两个人都哈哈大笑起来。

他正犹豫着怎么告诉宋婷婷，宋婷婷倒先约他说想庆祝一下，她报读了新的课程，刚办了两年的学生准证。两个人专门选了一个安静别致的小咖啡座。"回去也一样。不如在这边继续读书，还能离父母远点。"宋婷婷淡漠地说。吃完了饭两个人叫了咖啡，面对面坐着慢慢喝着。他这时才把喜帖拿出来放在桌上。宋婷婷用餐巾纸擦了擦嘴唇，说："我父母没教过我什么有用的东西。但我学到了一点，我觉得人在年轻的时候不要为钱牺牲掉重要的东西。钱是很重要，以后总是能通过这样那样的方法想办法挣到，可能以后你做个什么事儿……"她停顿了下来，似乎是想举一个例子，但是又想不到，只有挥动了几下手臂，"对我来说钱一点也不重要，找一个自己喜欢的人最重要。关键是你喜欢她吗？"他没说话，本想像听笑话一样笑一下，但又笑不出。宋婷婷等了好一会儿，慢慢抬起捏着纸巾的手，慢慢地用力地擦着嘴唇，餐厅的餐巾纸很粗糙，她的嘴唇边缘被擦的微微有些发红，嘴唇上留下了点点的白色纸屑，她擦了半天之后把那纸巾往桌上一丢，正丢在精美的红色喜帖上。她掏出钱夹拿了几张钞票出来，站起身，将那几张钞票飘飘地丢在桌上，说："以后你还是不要再找我了。"他不敢抬头，说："好。"

日子是舒怡定的。他觉得有点赶，她却难得的异常坚持。"算好了的。"她坚定地说。他想着东南亚一带可能特别讲究这些，要赶个大吉大利的良辰吉日。"你是大师。"他笑着说。"我又不准。懒得去看了。"她也笑着说。

婚礼那天他作为新郎要上台讲一番话，他专门写了一篇长度适中的讲稿，写的时候把很多东西都放进去了——工整的句子，优美的诗词，著名的作家，睿智的引语……再读的时候想到家人的脸又继续加，想到林家的脸又再加——他的理直气壮，心虚，不愤，想说明的，想展示的……都在这篇讲稿里了，一个一个的方块字都埋头蹲伏着，等着那个良辰吉日好从他嘴里弹跳出来舒展开。

喜酒摆在老牌的五星级酒店，济济一堂。林家选用了大量的各种品种的兰花来装饰，新娘的头花用的也是万代兰和石斛。舒怡喜欢的鸢尾更是到处都是，除了印在请柬上，连菜单上都印着她的手绘。林先生的那一边居然也派代表来了，两个年轻男人穿着裁剪时髦的深蓝色和深灰色西装，袖口和裤脚都做得很窄小，尖头长皮鞋，尖头发型，个子不高，明显有经常健身，脸上涂着润色防晒霜和透明油亮微带闪光的护唇膏，眉毛精心修过，方脸阔面上显出几分女气。亲戚们说他们在林先生的建筑集团里做高管，兄弟齐心，早就能独当一面，公司也管理得井井有条。"你要加油啊。"几个亲戚面带暧昧地对他说。他以为他们要他加油找工作，连连点头应承。"不过你一定行的。他们……"不等说完，他们就哈哈地笑了起来。

因为孔松杰和宋婷婷都不来，他只有大撒把地把喜帖发给相熟的不熟的同学，认识的不认识的坐满了两桌，都称兄道弟的一边祝贺一边乱开他玩笑，倒也显得喜庆热闹。林太太为舒怡选的西式婚纱复杂烦琐，到处都是飘带，流苏，花边，拖挂……刚好衬舒怡瘦小的身体，连珠宝也是成套的，西式的小巧雅致的活动钻石圈，灵动跳脱，还有两套中式礼服，绣金描银，配葡萄造型的项链吊坠长耳环，红宝石绿宝石钻石挂坠镶嵌出多子多孙的意头，密密麻麻缠绕着她箍着她，恨不得把心里所有的东西都挂在她身上一样。本地著名的造型师把舒怡打扮得极其漂亮，像是换了一个人，当然新娘子的妆都有点像是换了一个人。

梁家对这盛大而隆重的婚礼非常满意，对低着头跪着敬茶的舒怡也非常满意。梁夕送了一套礼盒装景德镇骨瓷筷子，言语诚恳地说，"实在不知道买什么好，叔叔您这样的人什么好东西都见过，什么好东西都有，我送叔叔您一双筷子，希望您一家快快乐乐，一辈子快快乐乐……"林先生难得穿西装，容光焕发，不管对谁都声音洪亮地哈哈笑。"怎么这次没有带女朋友过来？我跟梁晓说来多少人都没有问题的啊。""好好好，她是想来啊，还跟我吵了一架。这次都怪我哥，他啥也没说，下次，下次带她一起来……"林家的回礼是一人一块满钻劳力士，连梁夕的女友也有。梁夕一拿到就戴了起来，表链长了，林太太慌忙解释可以拿去任何一家表行里调，只管戴着过去就可以了，不需要什么凭证的。梁夕笑着将四块表收了起来。

一场婚礼，新郎新娘虽然忙，但空闲的时间也多。他这一天也像是不是自己了，被人拖着到处去，又常常需要在休息室里等，等舒怡换衣服，换发型，换妆容……等主持人和策划助理发号施令……等着上台演讲……

酒店特别辟出来了一间套房作为新郎新娘的休息室，房间里面乱七八糟地堆满了各式各样的鲜花，化妆箱，散落的化妆品，假头发，各种发胶定型剂，成盒的假睫毛，婚礼道具，衣服，成堆的大大小小的礼品盒……人也很杂，进进出出，有些是工作人员有些是亲戚朋友，小孩子尖叫跑进跑出……不知道谁放了一份中文报纸在房间里，被人翻过了丢在那里，他等的时候顺手拿起来翻看。

那个男人交叠着双手站在大提琴旁，背景是交响乐厅的一角，穿着黑色的西装，打了一个小小的领结，发质柔软，皮肤光洁，叠在胸前的左手上戴了一块劳力士，表盘朝外。光看照片就能看出来他来自艺术世家——而且是富足的那种，沉静淡然又胸有成竹。报道写得非常详尽，什么时候从这里去的维也纳，师从的谁，在哪个交响乐团多少年，什么时候去的伦敦，什么时候加入伦敦 ABC 乐团，妻子做服装设计，自创的品牌在英国的华人圈小有名气，儿子年纪虽小但已展露天分，四岁学钢琴，五岁开始学习大提琴，去年在克罗地亚杨尼格洛国际大提琴比赛中崭露头角，引起关注……

一切都恰到好处，就像他光洁的皮肤，柔软自然却有型的头发，贴合身体剪裁的西装料子，沉静的艺术家的气质，细长的大提琴家的手……那样优美的手按在大提琴上一定能发出美妙的声音，按在女人身上也一定能演奏出动听的乐章。这个男人的样貌和气质，有着使得一切都合理化的魅力。这个艺术家使得一切不合理的，不正确的，不道德的……都优美沉静地合理化了。人们甚至能从这张照片看出他的性来——一切都在他的手下，一切他都笑纳了……

酒店的窗户无论怎么用力都打不开，厕所舒怡是要去的，塞在马桶里又怕冲不下去，房间里的东西看似乱七八糟，却仿佛样样等下都要用到，连垃圾桶都靠不住。他将那一小团揉皱了的报纸又铺平开来，斜着身子用力地抬起那沉重的长宽两米的双人床床垫，将那张报纸压在了下面。那报纸平平整整地铺开在床架上，散发出油墨的味道。他想起了第一次飞来新加坡时飞机上的味道。

那天的婚礼确实办得非常的好，高贵典雅，浪漫奢华，被传为佳话。闹洞房的时候亲戚里的青少年都哈哈笑着说，那新郎是真爱舒怡，激动成那样，发言的时候都说不出话来了，你们看到那钢琴师的表情了吗？一边弹着肖邦一边对着他使眼色……他半天才说了一句——舒怡我很爱你。后面又冷场了。还好主持人功力深厚，中英双语，把气氛搞起来。那个钢琴师真是弹得好，听说得过国际上的大奖，长得也英俊。

婚房是酒店送的一晚，舒怡的声音回响在酒店房间里，但他难以辨别是痛苦还是欢愉。但在结束之后她很快又再刺激得他难以自制，所以他觉得她应该是欢愉的叫声。她从没有像今天这般卖力，他被弄得头晕目眩，在晃动中和姿势的转换中他看不清她的表情，难以辨别，就只觉得像是换了一个人。

等安静下来之后他盯着她看，不知道是因为婚礼之前她专门密集地保养了皮肤，还是因为刚才的性爱，她那厚而黑的长直发衬得她的脸莹润光洁。她将手轻轻放在小腹上，脸上泛出珍珠一样的光泽。"我怀孕了。""傻瓜。哪有那么快。""我算过的。我一直想要一个小孩子，最好是男孩。"他有些头晕目眩，吻了吻她的脸。对于今天这一天，他其实也是满意的，唯一的不满意是刚才。他以为他会占主导地位，一向对性显得娴静淡然的她应该是被动的，她就算不是被开发的，也应该是互补的。他闭着眼睛想着她层出不穷的花样和他的手足无措与尴尬，自己居然反倒成了被动的了。下次一定要找补回来。他想。嗯。下次。酒店的空调冷了起来，舒怡说了句什么笑话，自己咯咯咯地开心地笑了起来，他没听清，略有些疲倦地微笑着顺手拉起了堆在脚头的被子将他和舒怡盖了起来。他不知道没有下次了。

Chapter Two

矢车菊

位于金融区的公寓占地面积不大，除了顶楼的那几套打通了连在一起的几个阁楼单位有大面积之外，大部分是小户。虽紧凑，却是名家设计，得过奖，气派地矗立在金融区，车水马龙，夜间一片灯火辉煌，璀璨繁华。售价高，开发商在建筑材料和标配装修上特别尽心，厨灶，烤箱，冰箱，空调都是欧美最好的牌子。住户以欧美人为主，多是跨国公司派驻的高管，也有不少中国人和韩国人。买的大多是投资客。有些中国来的投资客一买就买两三套，还介绍朋友一起买，那些人连房也不过来看，单看看楼盘图房型图，说信得过朋友，一起丢给中介出租打理。这两年很多房产中介不仅中文说得越来越流利，连中文的短信和邮件也写得又长又好。

卓心惠在这边有一套高层的两室两厅。她的那几套房子都不让她省心，那些租客事无巨细都喜欢找她，总是会弄出这样那样的事情让她烦恼。有些住之前便诸多要求——换洗衣机，换床垫，换沙发……就连好好的冰箱，也一定要说里面有很重的泡菜味，所以要整个换掉……等住进去了，灯泡坏了遥控器坏了这样的小事都要打电话给她。有些到期房租不付，催吧，说暂时没钱，再催吧，又说先交一部分……还有些刚刚办理好手续，付一押一，日本来的小家庭，中国来的陪读妈妈或是单身女子……

还没有住到一两个月就搬走了，押金也不要了。虽说是小赚一笔，但这样的钱她赚得也不安心，还得重新找租客……更别说还有三个儿子。

她不喜欢用女佣，事事都爱亲力亲为——家务，小孩子的功课，学校和补习班的接送这些就不用说了，光是一天三顿饭就够她忙的。大儿子只喜欢中餐，二儿子偏爱西餐，小儿子是敏感体质……她饭也要做三份，大儿子的早餐是炒饭，面条，粥等，二儿子固定的是面包牛奶，芝士培根鸡肉肠茄汁豆和花生酱巧克力酱各色果酱轮着来。晚餐也分别要做三份，大儿子是炒菜，二儿子是煎排，烤小牛肉，煎羊排，烤鸡腿配奶油玉米或烤土豆，再加上专门拌的沙拉。小儿子的饭都需要特别准备的，有机食材，又要无麸质……连幼儿园都要特别交代。如果老公晚上回来吃饭就还要蒸鱼炖汤。要做的东西多，时间又赶，卓心惠便只能同时做两三样菜，有时候不小心烫了手或是洋葱辣了眼睛，就站在厨房里哭一会儿，过一会儿就好了。

她每次都等孩子们吃完饭看还有什么剩下的，胡乱对付着吃了，即使是这样，她还是比结婚前胖了许多，她在怀第二胎的时候养成了吃甜食的习惯，整个人显得有些肿胀，但那皮肤却保养得好，仍然如少女般白嫩细腻，滑如凝脂。她每周还要抽出空来去美容院做 SPA，给头发补颜色做护理，和太太朋友们一起喝喝茶，逛逛街，买完东西后店员一直送到车上，大包小包堆放在后备箱里。卓心惠的朋友们都说，当然啦。她先生有钱嘛。然后总有人会带着羡慕的口吻再加一句——而且她先生都不管她。她听了只笑笑。

老公确实不管她，但这话从自己嘴里说出来和从朋友嘴里说出来就不一样了。好在她也不止这些人，哪些话可以说哪些话不可以说，她还是分的很清楚的。到了发型师，按摩师面前，她的话就会多一点，但也还是该讲的讲，不该讲的不讲。这些太太去的地方都差不多，连孩子去的补习班，钢琴班，跆拳道班，围棋班也都差不多，来来去去不过就那些地方。但是，她总要有条缝。

每一套房子换租客的时候，她都会一次又一次地开车下去开门，她的公寓装的都是指纹锁，换一个租户就要下去换一次指纹，她总是笑着解释说不放心把门卡放在房产中介那里。等看过了房子，她和中介会一起找个安静的地方坐一会儿，当然不能在房间或者客厅里，为了避嫌她每次看房都敞开大门。地点总是在附近的某个安静的咖啡座，有时也会偏远隐蔽一点，高尔夫球俱乐部里面的咖啡座之类的。两个人也说不了什么，只是坐一坐，聊一聊那些租客，房子的行情，有哪些要破土动工的项目，报告里说政府接下来要打造哪个区域，开发商用多少钱拿了哪里的地……然后卓心惠在蛋糕快吃完的时候会说说她先生，也不多说，就那么一两句，像白盘子里剩下的蛋糕碎。她不喜欢抱怨，也是一个知道自我克制的人，聊完了就回到她正常的生活里去了。一切都处于一种微妙的平衡中，直到他举家搬去了澳大利亚，临走之前把她转介给了他的女同事。

卓心惠送完孩子去学校回到家有边喝咖啡边看报纸的习惯。她慢慢看着报纸分类版上的一张张中介的照片，打了其中的一个电话，当她听出来对方是中国人的时候，便开始讲中文。"太好了！我要多讲中文！"她说，"我的几个孩子中文都很差，学校的老师每次都要我在家里多跟他们讲讲。这真是太好了，梁先生，谢谢你帮助我。

谢谢你。"

　　他印在报纸上和名片上的照片是精修过的，皮肤光洁，发型整齐，精神奕奕，顾盼生辉，看上去仿若成功精英，穿着黑色西装，打着红底黄圆点的领带，那领带是影楼临时找出来给他系上的，摄影师说显脸白，精神。拍完了又修图，最后照片出来，脸显得特别白，他看到照片的时候在心里笑了笑，这可真叫他们说中了。他懒得再重拍了，赌气就这样白煞煞的印了名片传单又登到报纸上放到网站上。这张照片被舒怡放了一张在她的钱包里。舒怡在一些方面很有些老派作风，手机屏幕上她倒从不放家人的照片，却喜欢收在钱包里——俊宇的满月照，百天，一岁，最浪漫漂亮的两张结婚照，欧洲的蜜月照，一家三口的照片，一家五口的合影，在梁晓老家的餐厅包房里抱着俊宇和他父母亲戚合拍的全家福……都被她拿去越来越难找到的照片店冲洗成三寸大小，一张一张整齐地叠放在钱包里，过去的几年就这样齐齐整整地缩在她的钱包里。

对他来说，过去的几年也确实是齐齐整整，照片似的，笑嘻嘻的，略带点拘谨和腼腆。蜜月的地点舒怡一早就选定了欧洲。她想去英国走一趟，见见老同学老朋友，怀旧一下。他第一次坐头等舱，对于笑嘻嘻的热情友好的空姐没有抵抗力，一道道酒菜甜品坚果芝士都吃了下去。而舒怡的胃口一直不好，到了英国也不怎么吃东西，他说是因为时差和食物的变化，她却一口咬定是怀了孕，不能做爱，之前那些忽闪忽闪着眸子为他做的事情她也倦怠了。她花了不少时间带着他逛名牌店，两个人挑了许多新款，让酒店洗了，每天换着穿。和她的那些老同学老朋友约着吃午餐喝下午茶吃晚饭的时候，他几乎插不上嘴，只是陪着她到处买到处去，在她的同学朋友反复夸奖他帅气高大的时候抬头笑笑，然后低头继续吃喝。他不适应欧洲的饮食，只觉得心里发腻，不知道是不是因为那些高脂肪的食物和精致的甜食，只有不断用红酒去冲淡那种腻。舒怡还计划了英国周边的国家——法国，意大利。她都想旧地重游。"蜜月。总是感觉不一样的。"她穿着新添置的优雅的长裙，丝巾和精巧的帽子，笑眯眯地说。他点点头，心里又想到那些精致的甜点，厚厚的奶油和糖霜。

在尼斯的时候两个人去海边游泳，他脱了新买的短袖衬衫和短西裤，穿着新买的泳裤下海。舒怡因为坚持认为自己怀孕了而待在沙滩上戴着大草帽喝饮料晒太阳。那天海浪特别大，几乎没有人下水，他身不由己一般地被海浪推着牵引着，往大海深处去，稍一晃神，那最深处仿佛有着自己的呼吸和生命似的,提醒着他,挑唆着他。

他回头看着岸上的舒怡,她正从沙滩躺椅上坐直起身子看着他。他新养成了在酒店的健身房健身的习惯,他的身材本来就紧实,稍加锻炼胸肌和三角肌就鼓了起来,有了线条清晰的马甲线,从岸上看来,他觉得自己就像大海中的一块黄色的大浮板,上面一抹时尚的黑色,那是她给他新挑选的名牌泳裤。离远了看,她面目模糊不清,穿着性感暴露的比基尼,大草帽和墨镜遮住了大半个脸,倒像某个南法女郎。头上的烈日照下来仿佛带着嘶嘶的声音,有着丝丝缕缕白云的蓝天,脚底的沙砾和海草,皮肤上轻微的刺痛,嘴里咸而苦涩的味道,远处忽远忽近的地平线,深不可测却又仿佛触手可及的生命。他悚然回头。她正在岸上对他用力招手。他拖曳着走上了岸。她见他一直盯着她看,问,"怎么这样看着我。""你变多了。"她抬起手摸了摸自己的脸。"听别人说如果怀的是男孩妈妈会变丑。"他在她身旁坐了下来。她穿着一双在巴黎新买的香奈儿木底平拖鞋，由一根根绛红色和浅红色细绳缠扭交织而成，中间加了一串莹白的珍珠，将她穿在里面的脚和脚指衬的精巧可爱。他随手抓起一把沙子，撒了上去。

他发现她算的是真准。小孩子满月的时候大家都恭喜他一击就中，一举得男。一切都完美了。唯一只有他的工作不算完美，他那样的条件找工作本就不易，长得英俊在这方面可是一点帮助都没有。他岳母提过好几次让他去岳父的公司帮忙，自己人，时间上自由，来来去去看管起来也方便。那一边却死活不愿意，让两个儿子在人事上坚决不松口。那两个每次都穿着剪裁时尚的西装闪亮的尖头漆皮鞋，胶着头发涂着粉底，戴着形状别致的镜框，微微笑着一个劲地说英文，都是受英文教育长大的，西式做派，常常挑着细长的眉毛自嘲说不会讲中文，但到了他面前，中文忽然好到可以话里有话的程度。后来他也死心了。再后来他想，不靠他们也好。

他不靠他们，她们还是要靠他的。俊宇小时候身体不好，三天两头生病看医生，又要打疫苗，大一些了之后要每天幼儿园的接送。林家对他的教育特别上心。他岳父一早选定了全新加坡最好的幼儿园报名排队，十八个月的时候便送了去。这幼儿园唯一的缺点就是离家有些远，且又早早地报了各种热门的兴趣班——韩国人的跆拳道班，美国人教的绘画班，中国老师教的珠算，英国老师的演讲与戏剧……他从小想也想不到的东西事物，这孩子都有了。小小的可爱的肉球，噘着嘴叫他爸爸，常常挥舞着小手臂吵着要吃番茄酱，就这样热切而执着地 ketch up ketch up 一直重复下去。他就心软了，那腻乎乎的地方塌陷了一块。

他买了一辆新款的宝马 X5。他知道他其实应该买房车，但他还是任着性子买了四轮驱动。他岳母之前在车上出过事情。家里亲戚说这一辈里第一个学会开车的便是她，那时候真厉害啊，比男孩子还强，刚满十六岁家里就专门请了最好的教练教她，一上车那教练就让她脱鞋子，要她光着脚感受油门离合器。她的车技一向很好，那次怎么会差点撞到林先生的那一个也是意外。他们笑着说应该是意外啦。自那以后林太太一开车就偏头疼，一家人又都不放心请司机。

舒怡生完了孩子身形丰腴了一些，失去了那种单薄的少女感，她找了一份文秘的工作，朝九晚六，每隔一个星期六要上半天。每天穿套装上班。怀孕和坐月子期间她头发掉了很多，之后也没怎么再长回来，原本厚重的黑直发稀少了，她把头发染成了浅褐色，又烫了卷发，视觉上显得多一些。她还是不化妆，皮肤仍然是白皙细腻，但这白皙细腻却显出一种粘滞来。工作事情不多，薪水不高，好在几乎没压力，她中午在公司和同事一起吃饭，偶尔会和同事相约一起出去逛街看电影，听音乐会。大家都说她生了孩子后显得成熟了，并且又有了独立女性的样子。全家都认为和结婚之前相比，她像是换了个人，当然这对于她来说是再好不过。舒怡上班要严格打卡，不能迟到早退，因此每天接送小孩和家里所有需要用车的事情都落在他身上。他的几份工作就这样丢掉了。至少他是这样认为。

自从俊宇出生，林先生便经常回来，一回来就和俊宇玩个不停，家里的玩具堆成了山，好在房子够大，林先生亲自整理出来一个房间给他放玩具——套圈，积木，汽车赛道，超人钢铁侠蜘蛛侠，搭铁轨兜圈穿山洞的火车……一老带着一小玩得很认真，常常爆发出一阵一阵的笑声，还经常专门邀请各路朋友来看孩子，顺便吃家宴喝酒，然后就睡在这边了。俊宇居然每次都知道把姥爷的鞋子藏起来。林先生要走的时候女佣便满屋子找鞋，一个花盆一个花盆后面去翻看。这时候俊宇就会咿咿呀呀比画出个道理来——他每天和阿嬷睡都会踢被子。阿公阿嬷一边一个这样半夜就不会踢被子，不会踢被子就不会感冒。没有感冒就不会流鼻涕打喷嚏。感冒流鼻涕会传染给班上其他同学，大家都会感冒流鼻涕。讲到这里他就会皱着眉头眯起眼睛模仿流鼻涕打喷嚏咳嗽，那样子很像林太太，一家子就都笑了。

　　林先生讲究风水，最讨厌藏污纳垢的角落。家里需

矢车菊

要保持窗明几净，每个角落都一尘不染，舒怡怀孕了之后便请了女佣，来一个教一遍，绝大部分都记不住，舒怡不在家的时候林太太不得不跟在后面监督——地板家具都有分别的清洗液，消毒水，哪块抹布擦哪里，洗衣液放一瓶盖半，柔顺剂放一瓶盖，消毒水放半瓶盖……手洗的衣服又是另外一套严格的标准……衣服什么料子用什么温度烫，哪些要垫着毛巾烫，烫床单枕巾的时候既要摊开又不能碰到地板……盘子先要用厨房纸仔细擦过，全部擦干净了才可以洗……蔬菜水果先放小苏打泡过。肉类解冻更是有一套严格的制度和程序……就连家附近小公园里的那些公共小滑梯，小秋千，舒怡都要求女佣用清洗液和消毒水先擦洗三遍，第一遍用掺有清洗液的水，第二遍用消毒水，第三遍必须要用干净的清水。有些女佣嫌麻烦，过一段时间就敷衍了，舒怡从来不责备女佣，自己接了水，亲自动手重新做一遍。有些女佣会慌忙接过去，有些就木着一张脸看着，脸上渐渐显出悲天悯人的神色来。

舒怡新生出来的洁癖，还体现在别的难以言说的事情上。怀孕坐月子那一年什么也做不了，生完孩子之后她又讨厌弄脏床单。他怀疑是不是自己不够好，买了贴衬肌肤的最好最贵的大毛巾，她又疼得直呻吟，不管怎么做都说那边太干涩。她的身体也确实很诚实地讨厌着这件事。他觉得洁癖可能只是一个借口，或许还是他不够好。刚开始上色情网站的时候他只是想学学，后来就不是为了学了，学了也没用。自己解决了之后再回卧室，温度适宜，灯光温馨，两个人看看电视，说说话，讲讲家里的事情，孩子的事情，一切正常。生活按部就班，夫妻相敬如宾，小孩子活泼可爱，家里井井有条，那事情便似乎没那么重要了，反正那是他自己的事情——微不足道。不都差不多吗。不就那回事儿吗。他告诉自己。有些东西，往下压久了，就压下去了，不存在了。性欲就是这样。都是这样。

卓心惠属于他手上的大客户。虽然他跑来跑去显得很忙碌，但他手上的客户其实不多。房产中介这工作是他自己找的。他无法做时间固定的工作，又不愿意去卖保险。因此自己找了这份工作，资质考试考了两次才过。他不愿意请人去发传单，或是花钱打广告。更宁愿自己在烈日下站在街边发传单，或是亲自一个一个电话打过去询问。做这些事情的时候他会想起以前的同学，还有读语言学校的那段日子，虽然他读书的时候也没有做过这类事情。但是不知道为什么，在做着这些事情的时候，他总有一种安心的感觉。

最开始卓心惠只说是有一套小房子需要出租，他自然是服务周到。第一次带看的时候一切都很顺利，他提前了十分钟到，卓心惠居然也提前了十分钟到，两个人在一起闲聊了快半个小时，租客才到，一对年轻的法国夫妇，男的是做设计的，女的是业余画家。两个人都很喜欢那套房子，小小的一个两房里里外外看了很久，又问附近的环境。她用法语提议可以开车和他一起带着租客在附近转转看看，喝杯咖啡什么的。这对夫妇惊讶地致谢回绝，说他们自己会在附近走一走。两个人虽然没有当场定，但却说定下来的可能性很高。等送走了租客，他还是努力找出些话题一边和她聊着一边往外走。他对客户一向小心谨慎，他太知道有些时候任何一个小地方不对或照顾不周就可能会丢了客户。

然而就在往外走的时候出了岔子。他穿皮鞋，走过那游泳池旁边那一大片铺着的橡果木地板的时候没有在意，只觉得她似乎特别小心，微微踮着脚，谨慎地迈着小步子。一开始他没明白发生了什么事，见她骤然停住，丰满的胸部连着身体周围的空气都像是往前荡了荡，然后又被拽了回来。她脸上没什么表情，只是默不作声地看着远处用力。他顺着她的身体往下看，才看出来她高跟鞋的鞋跟卡在了游泳池边铺着的橡果木地板缝里。那鞋子是裸色缎面的，金银丝缠绕着各种彩石，石头与石头之间又镶嵌了小的彩钻。他蹲了下去。鞋跟倒不高，细细的，可能一下子卡得紧，拔不出来。他伸出手捏着她的脚踝帮忙往外拔。卓心惠的裙子下摆很大，料子沙沙作响，张开来的裙面上绣着大丽花，他蹲着，那裙摆便碰到他的肩膀上和脸颊上，刺刺的。这下子她倒慌张起来，微微弯下身子，更加用力地往外拔鞋跟。慌乱中两个人谁都没有想到可以先把鞋脱下来。

咯噔一声，鞋跟被拔了出来。他只来得及看见那裸粉色的鞋跟上刮掉了一圈漆皮，一边站起身来一边问，"没事吧？"她立刻站稳了脚，神态自若，飞快地眨了眨眼睛，她戴了假睫毛又刷了睫毛膏，眼线画的干净完美，那精心描画过的双眼猛的一红。"没事。"他以为自己看错了。她又继续向前走去，像刚才那样重新稍微踮着点脚，重心放在脚掌上，每一步都稳当当地踏在木板上，避开了中间的缝隙，快走到大门的时候，她忽然轻轻甩了甩做了大卷的头发，说："刚才真是谢谢你，不然我请你喝杯咖啡吧。"

椰子糖香兰叶蛋糕散发出浓烈的香气，她额外加多了椰糖糖浆，滴滴答答地淋在蛋糕顶上的干椰蓉丝上，他一向不太喜欢东南亚食物，自己家里做的饭菜也不喜欢。现在离得近了闻，倒想起小时候吃的硬硬的一个一个小圆柱体的深棕色椰糖来，生出一丝亲切。他笑着抬头看着她，想说点什么打开话题。她正拿着面前的矢车菊，吹了吹那滚烫的茶，升腾的蒸汽飘过她的眼睛，眼睛又红了。离得近了看，卓心惠的眼形是很漂亮的，大而清秀，这次是清清晰晰一层水。他赶忙低下头，拿起面前的咖啡，对着上面冰凉的鲜奶油轻轻吹了吹，喝了一口，余光瞟见对面涂着法式指甲的手拿起小叉子，挖了一块淋满糖浆夹着奶油的绿色蛋糕。等他再抬头来，她表情毫无任何异样。外面的阳光猛烈，咖啡座冷气开得足，他们那个角落冰冷阴暗，他闻着小时候吃过的椰子糖的味道，想起小时候放在角落里的五斗柜，柜子里的各色零食，那扭结式的糖纸包装，外面有红色的椰子树图案，他记得那糖纸涂了层蜡，剥开来的时候沙沙作响，像她的裙摆一样。他又喝了一口咖啡。

合　欢

虽然梁晓结婚的时候孔松杰没出席，但他结婚的时候梁晓还是去了，并且送上了厚厚的红包。新娘子长得不太好看，即使是一生中应该是最美的一天也不好看，再加上那天的婚礼办的比较寒酸，宾客的素质也参差不齐，他倒有几分替孔松杰难受。他在这里没什么朋友，宋婷婷早已不再和他联系。这么些年下来还是这么一个孔松杰说起来还可以谈谈心。孔松杰那天倒打扮得格外好，一身暗蓝色西装上绣着一丛丛精巧的深粉色的合欢，花丝清晰，做工精细，衬得他格外帅气。"你太太没来吗？"

孔松杰问。"没有。没有。她比较忙。"孔松杰微微掉转开脸，压低声音问，"现在怎么样了？""没什么。都挺好。"他忙解释，"小孩已经上了幼儿园了。她在外面上班，传媒公司，星期六比较忙，要加班。""那就好。那就好。"孔松杰仿佛不放心地说，然后又笑笑，说："招呼不周。改天我们好好聊一聊。"

孔松杰的太太是幼儿园的音乐老师。孔松杰在新郎致辞时详细地描述了他们是如何机缘巧合的在一场修习心灵的课程上相识。他的婚礼致辞长达半个多小时，洋洋洒洒，引得下面笑声掌声不断，他在致辞里引用了大量的名人的话，讲到感人的地方和表达爱意的时候，在座的好几个女性开始吸鼻子，拿出纸巾来擦眼睛。他把他当年想讲的都讲了，只不过那些话，隔了这么几年，就显得可笑了。

婚礼过后，孔松杰果然很快就再约他。两个人约在以前学校附近的一家四川馆子。孔松杰带了一个大信封，里面是一些印刷品。"我现在在这个心灵教育机构帮忙。这些年……"他顿了顿，低下头端起茶水喝了一口，又抬起头来说："人生总是起伏，而且总是在不断的变化当中，唯有变化这件事本身是不变的。我们要怎么样应对这个情况呢？这个课程可以解决你的困惑，让你成为一个有心人。"一开始他以为他要卖保险，听了一下又不像，拿起那册印刷品翻了翻。这些年这边中国人多了，中餐馆火锅店烧烤店多了很多出来，这间曾经在学生中很受欢迎的小餐馆有些没落了，即使是星期五的晚上也没什么人。孔松杰喝了一口啤酒接着说："这个课程教我们的就是认识自己，成长自己，完成自己……我们要爱身边每一个人，每一个人。只有付出，去爱人，才能克服逆境。

你知道克服逆境的秘密在哪里？"他恰到好处地停下来，等到看着梁晓摇头，才满意地继续，"只有付出，去爱人，才能克服逆境，让自己成长。迷茫吗？困惑吗？去爱人！爱你周围每一个人！去行动！"

等孔松杰讲完了这个话题，饭已经吃得差不多了，两个人又聊了聊以前的同学，哪些回去了，哪些留下来了，哪些去了美国澳大利亚加拿大……等到讲完了这些，两个人都沉默了一会儿，孔松杰问，"你知道宋婷婷和一个作家结婚了吗？用中文写作的，出过中篇小说集。听说这几年她父母的生意做大了，一家人办了投资移民，现在在这边也有生意了。"他看了梁晓一眼，"都过去了。你有了孩子，我也终于结了婚。有些话现在说也无妨了。"他眼角的纹路皱了起来，像是不小心咬到了舌头，又像是咬到了一颗花椒，慢慢地说，"可惜她始终看不上我。"

过了一会儿他仿佛想起来了什么，问道，"哎，那你现在在做什么？""房产中介。""哦。帮人找房子的。"孔松杰笑笑，又问，"哎？你为什么不去你老丈人的公司啊。我们都以为你会去你老丈人的公司发展。"梁晓又开了一瓶啤酒，给两个人都满上，笑笑说："他那边人够了。况且我也不是学土木的，既不懂建筑也不懂管理。我太太也不愿意我加入她父亲的公司。""让他给你介绍嘛。你这是嫁入豪门了，还在意个专业？"孔松杰不以为然地说，见梁晓没有接茬，自己发了会儿呆，然后转身去身后的背包里拿出一沓东西来。"这个册子送给你的，你拿回去看看。是这样的，我们现在这个心灵学会的基金在搞募捐。你看，你要不要……也捐一点？""多少？""一万两万都可以。这个都无所谓的。我们这个也有国内的企业家捐助，十几二十万的转过来。""我不太信这些，就不捐了，请你吃饭吧。"孔松杰笑着说："这个我们会开收据给你的。两百，一百也可以。五十也可以。这都无所谓的。""不了。"然后梁晓伸了伸手，"买单。"孔松杰盯着他看，"让爱成为你的指引，随之你的人生也会变好的，金钱财富成功都会随之而来。""哦？是吗？"他一边看着单子掏钱一边随口说，丢了几张现金在单子上，"不用找了。"然后抬起头来看着孔松杰问："怎么样？""怎么样变好？""怎么样爱别人？""去了解别人。看他需要什么，他的痛苦在哪里，然后去成全他，成全别人。"孔松杰说，"给他人发挥的机会，让别人做出他应该对这个社会做出的贡献。""哦。"他将找零和单子一起收到了钱包里。"走吧。"孔松杰从钱包里拿出一张叠得很精巧的钞票，说："各付各的吧。"他摆了摆手。孔松杰坚持着，将钱向着他递了递，那张钞票像一个小孩子的折纸作品一样被对折,两边又再折进去三分之一。"为什么要把钱折成这样？"他忍不住问。"这样就可以提醒自己不要随便花掉任何一张。"他没说话，也没接钱。孔松杰把那张钞票又收了起来，讪讪地说："东西都涨价了。国内也贵了。现在国内的人都有钱了，老同学老朋友……回国那钱就跟流水一样，大家居然都不觉得贵，只有我这个国外回去的处处觉得贵，回不起了……""不然我送你回去吧？""回去？"孔松杰一愣神，反应过来后说，"不用不用！"孔松杰忽然现出尴尬的表情，大声地说。收银台前的老板娘吓了一跳，抬头看看他们，见他们不像是喝多了又低头忙自己的事情去了。"真的不用……真的真的……那送到地铁站就好……"

等孔松杰在地铁站下了车，他用力踩下了油门。他喜欢开快车，在市区高速上永远走快车道，如果前面的车比较慢他就会咬紧他们，在有摄像头的路段，他会尽量保持在超速但又不至于罚款的范围内，频频左右换道，切线，慢车道超车，逼迫后面的车紧急减速，黄灯时加速，有时会闯红灯……他讨厌鸣笛，即使危险即将发生喇叭也悄然无声，他喜欢看别的车仓皇刹车避让。他特别喜欢在大雷暴雨中开车，当一片模糊的时候其他车通常都会慢下来，因而车速会显得特别快，车外的瓢泼大雨让这辆车仿佛适合容身的庇护所一般。虽然他也并不真赶着去哪儿。他觉得他的工作给了他一个开快车的理由。家里的事情也常常需要他开车的，车上有人的时候他就会慢下来，守住一条中间车道慢慢开，需要换道的时候给转向灯，确保距离安全才换过去。有时候他觉得他有两份工作。

其实当司机这种事情他是不介意的，和其他那些琐碎的需要他去料理的事情一样，他都是不介意的。这些都是他可以处理掌控的。他介意的事情他改变不了。频繁更换女佣这件事让他头疼。一般人家是两年换一个女佣，两年里换三四个女佣就算换得非常频繁的，而他们家是换了三四家中介公司。每一家的负责人到最后说的话都差不多——"我这里的女佣就这些。你们家要求太高了……人家退回来的你们又不要，新的我真的是没有了。就算有……梁先生，恕我直言，就算有，给你们拿了，过不了几天，再送回来，就成了退回来的了，其他的客户也不想要了。都好好的啊，那些人。这样对她们也不太公平是不是？你说是不是？你说是不是嘛？不然你去别家看看？"

性爱的事情说不出口，女佣的事情还是说得出口的，他忍不住对卓心惠抱怨了几句。卓心惠的几套房子都交给了他打理。每次看过了房子，她都会沿袭第一次见面的习惯，总会邀请他找个安静的地方坐一会儿。地点都是在附近的某个安静的咖啡座。她喜欢点甜食配矢车菊伯爵茶。他一开始当然是为了赚取客户的中介费，后来也无所谓了。他总要有条缝。他对着她抱怨的那几句，也是一边笑着一边说的，当然都是那些能抱怨出口的——接送小孩的事情，家里的事情，偶尔也看着她盘子里的蛋糕屑讲讲舒怡，又说她们对女佣总是不满意，频繁换，一直换……实在让人受不了。

"我知道一间不错的中介公司，可以视频面试女佣的，看见的，总是好一点。你让你岳母太太去看看。"卓心惠很是热情积极地帮他想办法。梁晓苦笑着说："她们哪里有时间。我太太平日里要上班，常常加班。不上班的时候她还有自己的事情。我岳母白天要弄小孩的东西，下午晚上又要陪孩子，走不开。"卓心惠吃了两口厚重的无面粉巧克力蛋糕，又挖了一大口冰淇淋，又再喝了一口茶，噗噗索索了一阵子，说，"那我陪你去吧？在选女佣这件事情上我还真的比较厉害。"

卓心惠的声音震得中介所里四周墙壁嗡嗡作响，脸上腮红没有涂到的地方也均匀的红了起来，那涂着一层象牙白的肤色变成了粉红色，粉红色的脸衬着杏色的腮红，再衬着鼻头的高光，由丰腴的腮帮子上的阴影粉烘托着，她脸上呈现出一个凶悍的凸出的三角，像是换了一个人似的。"我有两条狗。你每天都需要给狗洗澡。家里有三辆车。你需要每天洗三辆车……衣服大部分都要手洗。还有家里有一个小孩子，你晚上会和小孩子睡，半夜要帮他们换尿片凌晨要冲奶粉。你愿意吗？你可以吗？"

他躲在镜头外面看着她的侧影和电脑屏幕上的女佣。"你有什么问题或者要求就现在提。不要来了以后再跟我说太太我要这个太太我要那个。"说完了她侧耳细听那边的问题。等三个女佣都面试完了，她询问地看了看中介，说："我比较偏向第二个。"中介点点头，笑着说："是。我也是这样觉得。"她舒了一口气，脸上的粉红色渐渐褪了。"不好意思。刚才我太凶了。"她插了一根吸管到纸盒装菊花茶里，吸了一口说："如果你这样凶，这个女佣还愿意过来跟你做工，她就真的是需要钱，或者吃惯了苦，她会做得比较认真，不会乱来，也不会随随便便发脾气或是闹着要回去。"

日光灯照在卓心惠的脸上，呈现出一个美丽柔和略有些松垮的三角。她忽然略带些调皮地吐吐舌头笑起来。

"我刚才的样子一定很吓人。"她看着他说,"等她来了就知道其实事情并不多,而且我相信你们会对她很好的。"然后她抬起手遮挡了一下脸,脸又微微有些发红,带着不好意思的神情笑出声来。"这家中介公司的老板是我的老同学,她介绍的应该是很好的。"

新女佣碧雅确实好用。舒怡也很高兴,说这次运气好,请到了态度好又勤快的。碧雅看着舒怡觉得有些困惑,但没有说什么,家里的事情做的都符合他们的标准,对俊宇也很尽心,一丝一毫都不马虎。舒怡在碧雅来了一个多月之后,一次吃晚餐时当着他的面说,"总算是找到了一个好用的。"说完放松了身体松了一大口气,仿佛是卸了一个背了很长时间的担子。她心情好,话也多了起来,又难得不加班,吃完晚饭两个人便一起和俊宇玩了一会儿。他提议周末他不带看了,如果她周末不加班的话不如一起带俊宇出去玩玩，免得老是姥姥姥爷带着出去，他们也可以休息一下。"妈妈喜欢和爸爸一起带着俊宇出去……就让他们多带带吧。妈妈也难得和爸爸一起出去。这个周末他们还要带着俊宇和亲戚一起出去。"她对着梳妆台上的镜子梳理着头发。"我周末要加班，星期天晚上和同事一起去看音乐会。""什么音乐会？""钢琴。""叫什么？"舒怡将梳子上缠绕的断发扯了下来，手轻轻一扬丢在旁边的小垃圾桶里。"忘了。同事买的票。"她的头发经过频繁的染烫，之前那种粗硬的发质变得细碎弯曲。他走过去伸出手将她的头发拉直，她的头发刚刚过肩，他手一松，那卷曲的头发又弹了回去，变成刚好在肩膀之上了。他顺着肩膀往下摸去。她从镜子里看着他。他捏着她的乳房，用拇指和食指轻轻刮蹭着她的乳头。她低了低头，刚梳好的发卷在脸前面像门一样关了起来。两个人推搡着往床边去了。她直着身子被他推得坐在床边。他几乎是哀求她一般刺激着她，缱绻于她的膝盖前，想起她那时微笑着看着她的神情，眼睛黑白分明，而现在不管他做什么，怎么做，她都是缩紧身体，棕黄色的发卷关在脸前。他终于不耐烦起来，撩起她的头发，她像一尾被丢在床上不断摆动着的缺水的鱼，脸被他压得微微变了形。他忽然没有办法继续了。

　　他打电话给卓心惠说想请她吃顿饭表示感谢，但那边坚持说饭就不用吃了，如果真要表示感谢的话，陪她去艺术中心里看场现代舞，票都已经买好了。卓心惠买的是两张最靠近舞台的 VIP 票，位置在第一排正中间，其实观看效果并不好，离舞台太近，比较难看到全景。舞者的身体，劈腿，跳跃等都逼迫于眼前，舞台灯光下细小的粉尘和偶尔飞溅的汗水仿佛触手可及。

舞者都跳得很卖力，灯光舞美的效果也别具匠心，看到下半场他觉得有些沉闷，瞥见她聚精会神地盯着舞台，便拿出手机来看，表演厅里没有信号，也不知道舒怡有没有找他。等到整场舞蹈结束了舞者轮流鞠躬谢幕的时候，她忽然说，"就是她。"

那舞者看起来不过十七八岁模样，台上扮演的也是少女，穿着紧身粉色纱裙，头顶的头发一边一束在后面编了一个优雅的凯特尔结，剩余的鬓发蓬松开来，既做少女打扮，又是少女身材，修长挺拔，姿态极其轻巧优美，刚刚鞠过躬，正目光灼灼地看着台下。"其实没那么小。二十五了。"她说："她们现在二十多岁就开始整形了。离得近看，妆不要这么浓，脸应该是僵的。"他有点摸不着头脑，只是看着台上。"我怀老二的时候知道的，也不能怎么样。她也不能怎么样。听说她一直想办法生孩子，但是一直怀不上。前段时间刚怀上便有了问题，做了卵巢切除手术，还这么年轻啊……如果真怀上了，恐怕就以为我老公能和我离婚吧，以为能长久吧。"她的笑声回荡在还没有退完场的表演厅里。"说不定等我怀了老四她也还没怀上。"

从艺术中心里出来，舒怡打过的几次电话现在全都以短信提醒的形式过来了。他没有打回去。他本来想看完表演之后邀她喝一杯，但现在觉得没必要了。等到了家，岳母已经带着俊宇睡了。琴房里传来轻轻的钢琴曲。舒怡最近又重新开始弹琴，她先是请了她认识的那个钢琴老师教俊宇键盘，一次二十分钟，玩似的叮叮咚咚。那钢琴老师就是当时在他们婚礼上演奏的，曾经对着梁晓打眼色的，是很出名钢琴演奏家，也收学生，在家教课。

舒怡买了一架三角钢琴回来，专门辟了个房间做了隔音当作琴房，也一起跟着学，有时候去他那里，有时候他来这里。大多是周末下午，先开始是一次一个小时，最近是一次一个半小时。

他不知道那是什么曲子，只知道听起来像是肖邦，舒缓中带着一丝轻快，她一旦弹错便从头再来。他就这样站在门外静静地听着，不知道过了多久，钢琴曲忽然中途停了，他等着她很快再弹起来，房间里却是一片寂静，随着音乐的消失，所有的东西似乎都静止了——书房，舒怡，这个家，家外面的街道……他在门口一动不动，音乐没有再响起，门的另一边也是一片寂静，又过了一会儿，他慢慢走去卧室里的厕所，也没开灯，就着外面的街灯映进来的那点光洗漱，贴了膜的窗户上那一片昏黄是他一直喜欢的，不知道为什么，那一小块模糊朦胧的黄色总让他觉得温暖和安慰。钢琴声没有再响起，这个世界在幽暗中又一点一点地活动了，仿佛家里关了灯之后出来的那些小虫子小壁虎。迷迷糊糊中他听见书房的门有响动，他尽快让自己睡着了。

吊钟海棠

看完表演之后卓心惠没有再和他联系，过了两个月忽然又再打电话过来，她在电话里说她想卖掉手上的两套房子，既然现在里面有租客，就带租约一起卖。他自然应承了下来。说完房子的事情她又说想一起吃个饭，请务必出席。他还没有回答，那边说："她说我见过她了，一定要我先生约我和她一起见个面吃个饭。"这话长而拗口，她说的慢，他一时也没有反应过来。"这……这样是怎么样说呢？""房子挂出去卖总有人来看的，我们带人看了房子再过去，你是我的中介，请你一起吃个饭也很正常。其实不算吃饭，就是简单的烧烤喝点啤酒。"她声音理智镇定，清晰清脆。过了一会儿，她叫他的名字，幽幽地说："算你最后帮我一次。"

卓心惠选的是一家非常热闹的日本串烧店，才不过六点半，小小的店面里已经坐满了，充斥着鼎沸的英语日语中文，服务生的大声呼喝，烧烤食物的香气……他没想到是这样拥挤吵闹的地方，先就一愣，等见到卓心惠又是一愣。她坐在离烤台不远的靠墙的一张小木桌子旁，穿一件猩红色暗花缎面礼服，头发高高地绑在后面，发型将整个面皮向上拉了起来，清爽的露出整个面孔，妆容和平常一样，只是今天戴了许多首饰，耳朵上挂着如小瀑布般倾泻的碎钻石，胸前又有一颗大的心形钻石，巧妙而别致地镶嵌在三圈碎钻里，那复杂的钻石吊坠垂在她深而长的乳沟上，仿佛烤架上的串烧，一下子翻过来，一下子翻过去，在乳沟里的阴影中幽幽地闪烁着十字光芒。

他要了啤酒，等慢慢喝完了一杯，另外两个也到了。那女人的脸离近了看确实有点不自然，说不出来哪里垫过哪里削过，妆也浓，像个有着成熟面孔的塑胶洋娃娃，一身深金色蓬蓬纱裙子，柔美的纱笼着她的肩头，前胸，腰肢，身子像裹着一层暗金粉雾。裙子也是低胸的，胸前微小的凸起，特别露出了淡粉色胸罩上的花边，营造出含苞欲放的架势，胸前别了一个吊钟海棠的钻石胸针，海棠垂下的花蕊轻轻地颤动着。头发绑了两段式扭转高马尾，耳垂上缀着一对香奈儿树脂仿珍珠时尚耳环，手里捏着个中式绸缎绣花小手包。四个人里面，三个人盛装打扮，格格不入地穿了出席晚宴的衣服吃日式烤串。

只有卓心惠的老公穿着半旧的黑 T 恤衫和牛仔裤，T 恤衫和牛仔裤都洗得变了形褪了色，软塌塌地包在略胖的身子上。那女人本来娇笑着，看见他，愣了愣，那男人也一脸诧异。卓心惠也不介绍，只大方地微笑着说："菜我已经点好了。你们看看要喝什么酒？"

那松软胖大的男人拿着做得异常细长的酒单上上下下研究了好半天，对着服务生往酒单上胡乱一指，叫了一瓶清酒。那女人只顾玩手机，头也不抬。卓心惠笑着跟服务生讲拿三个清酒杯，给梁晓又加了一杯啤酒。酒来得快，菜也上得快，毛豆，生包菜，鸡翅膀，鸡肉丸子，鸡皮，鸡肝，鸡心，鸡屁股，鸡软骨，大葱鸡肉，鸡胗……一直端上来。那女人忙着亲密贤惠地给卓心惠的老公夹菜，添酒，拿毛巾，加豆酱，加七味粉，加山椒粉……细而白的胳膊跳舞一般来回飞舞着。那男人只阴沉着脸使劲吃。他也只能低着头猛吃，一心只想快点吃完快点走。卓心惠吃得慢条斯理，洋娃娃吃得漫不经心。两个男人像是比赛谁吃得快一样。

卓心惠也不知道点了多少，吃完了一盘撤下去另一盘又上来了——烤年糕，五花肉包芦笋，五花肉包金针菇，五花肉包芝士，五花肉包小番茄，小牛肉，烤羊排，香菇塞肉，小青辣椒，烤银杏，烤大蒜，烤洋葱……连服务生都感觉到他们这桌不对劲，上菜收盘子加水时敛声屏息，放下，拿起，赶紧走。那男人噎了一下，咚的一下放下小酒杯，端冰水喝，却不知怎么的，水到了嘴边，嘴却没完全张开，一下子洒了一些在身上。那女人慌忙拿起小白毛巾要替他擦拭。他不耐烦地咕哝了一句，用手一推，她捏着毛巾，微微有些愕然。卓心惠对着烤台那边仰了仰脸，然后笑着柔声说，"应该没几道菜了。"

那男人将面前的小盘子一推，碰倒了装着用过了的小竹签子的小竹筒，那女人一声娇呼躲避不及，油腻的竹签子洒在她的蓬蓬纱裙子里和露在裙子外面的大腿上。她低头捡着，有些竹签子戳在粉红色云雾一样的纱的小洞里，她也没说什么，只慢慢小心地拾起，用自己手里捏着的小白毛巾一下一下地擦着裙子。服务生正好端着新烤好的烤串上来，赶紧跑去帮她拿新毛巾。

"这家店特别的地方是有烤鸡冠，烤鸡气管。"卓心惠慢慢拿起一串说，"我最喜欢吃鸡气管，很脆。你们也试试。"她将一串烤鸡冠子，和一串烤鸡气管，放在那女人面前的盘子里。又拿起两串，放在她老公的盘子里。她老公只黑着脸扭着脖子喝酒。她又笑笑，再从盘子里轻轻拿起另一串一堆缠绕的管子颗粒拖着两个半生的圆蛋黄一样的东西来，小心地放在那女人的盘子里。"这是这里最美味的东西，不是哪里都有，也不是什么时候都有的。"她看着那洋娃娃微笑着说："你运气好。"那女人疑惑地看看卓心惠。卓心惠微笑着说："这是烤的鸡卵巢输卵管和连在一起的还没有长成形的鸡蛋。小心一点，听说那个鸡蛋咬下去会爆出来。"她笑眯眯地停顿了一下，"爆得你满嘴都是。"那女人脸色大变，低头看了看那拖着两个仿佛还在晃动的未生卵的鸡卵巢，又抬头看了看微笑着的卓心惠，又看了看她老公，脸涨得通红。那男人喝多了，用白毛巾擦了擦脸，低声骂了一句什么。那女人身子往后一移，将椅子推开，站起来拿起手包走了，那男人看了看卓心惠也摔下毛巾走了。卓心惠微笑着问，"再来一杯啤酒吧？我也喝一杯。"说完也不等他回答，伸手叫了服务生来，对着烤台里的厨师指了指，说："麻烦你再给我两杯啤酒。另外请帮我送一杯给山田君。"

两个人又喝了许多酒，把剩下的清酒也喝完了，往停车场走的时候都有了醉意。卓心惠脚下一个趔趄，他忙扶住她。她就势靠了一下他的肩上，耳朵上拖垂的钻石冰凉地扫过他的颈项。"帮我看一下。"她带着点哀求地呢喃着，"帮我看一下。"他陪她走到她的车旁边，她打开车门，从后座上拿出一个厚厚的文件袋来。"从拿到到现在，打开了又关上，关上又打开……看不了……你帮我？"他以为是房产交易方面的东西，跟着她上了车。文件袋封口处系着一圈一圈的细细的暗红色的绳子，里面是一大叠打印出来的 A4 的纸，上面标注着日期和时间，甚至具体到每分每秒，照片的清晰度都非常高。"私家侦探说光是这些证据不够，最多只能证明他们两个关系好，很亲密，牵手亲吻最多是行为不当……"卓心惠反手从座椅后面拿出一台小巧的笔记本电脑。"但是他说这个应该可以了。只要告诉我，是不是像他说的可以了就够了。"在等待电脑开机的时候她忽然笑了起来，"为了孩子他也算小心，毕竟认识的人那么多，他也不希望三个孩子听到什么闲言碎语。私家侦探说如果让他感觉到有人在跟他就难抓了，所以在跟踪期间，我平时怎么样现在就怎么样，无论是说话做事对他的态度，甚至是在床上，千万不要有一丝一毫的不一样，还一次又一次的反复交代我。他不知道我最擅长的就是一模一样，他只要我那样，根本不用变。"

他微微侧着身，将那笔记本背对着卓心惠，点开视频的霎那才想起来没有关掉声音，慌乱间在电脑上找不到静音按键，视频播放了起来，是预先被消了声的。地点是在离港口和金融区不远的半山上，车停在路边，又是晚上，有点模糊，但还能拍到车里两个人的脸部，然后那男人便不动了，只有女人上上下下忙，一片幽暗中，那绑着马尾的优美的头颅有节奏的动着，窈窕的肩头有力的上下，压着节奏配着音乐在舞蹈一般，胸前有什么东西闪亮地反着光。他想到刚才那朵缀在她胸前的钻石吊钟海棠，山上的风吹过，树枝花丛掩隐摇动，直扩到他身上来，一起跟着那朵吊钟海棠晃动着。

卓心惠将头靠在车窗上，她身上的晚礼服皱了，头发也有些松散，眼神飘忽。他伸出手摸了摸她的脸。卓心惠慢慢转开脸，等她再转过来的时候，脸上的红已经褪了。"可以吗？"她端正了身体问，眼里有一种恪守着什么的持重。"应该可以。"他仓皇地合上了电脑。"你为什么……""为什么不离婚？为什么不也找一个？"她打断他，轻蔑地笑了一下，"有些事情我可以做——喝茶，抱怨，想着身边男人自慰。但是有些事情我不会做。"车里的冷气嘶嘶嘶地从风口里吹着。"我车后面有水，我自己坐一下，喝点水。"她看着他说，"谢谢你。梁晓。"他没说话，感觉有一些酒劲上涌。"谢谢你。"她坐直了身子又说。他打开车门下了车。

红灯区和美食街是连在一起的，芽笼一条街单号卖吃的，双号做皮肉生意。此时街上正是热闹，街这边各个餐厅排挡的招牌在黑夜里熠熠发光，招牌的光亮直接映照着街对面的女人。那些或站或走的女人脸上的高光，嘴唇上的唇彩，眼睛上的亮粉，头发上耳朵上的饰物，衣服的料子，面孔胸口腿全都流光溢彩的反着街对面的霓虹招牌。他沿着街道慢慢开着，慢下来的时候会有一两个路边的女人微弯着身子看车里面的他，然后快步赶过来。他又踩了一点油门，继续往前兜去。

这一带除了钟点酒店还有禅寺，从寺里传出来诵经的声传到他的车里。路边不远处倒是有一家钟点酒店，看上去也还干净。酒店旁边竖着一块蓝白底的大招牌，招牌底部有一条橙黄色，黑夜里被七盏安装在招牌底部的射灯照得雪亮，上面用黑色的隶书写着两行大字——"百善孝为先，万恶淫为首。"他在那盏灯下面停了一会儿，然后将车放到行驶挡，这时从车旁边走过去一男一女。男人穿着讲究的深蓝色暗花衬衫，头发用发胶竖立了起来，女人极短的吊带黑裙子下面是白亮的大长腿和黑亮的漆皮高跟鞋，背着一个链条黑色漆皮小包。他觉得那男人有点眼熟。有一段时间没见了，但孔宋杰还是没怎么变样。一男一女闪身进了那大招牌不远处的钟点酒店。进酒店的玻璃门时孔松杰很有绅士风度地拉着门让那女人先进，进门的刹那，他还微微挺了挺身，那本来就笔直的背显得更直了。

回到家已经很晚了。舒怡已经上床睡了。他一进开着空调的封闭清冷的卧室就闻到了自己身上的酒气和在卓心惠车里沾染上的香水味。洗漱后他换了睡衣在黑暗用手机照着亮走到床边，然后躺下来看手机。他听见舒怡那边有动静，但是他没有说话，只以为她睡着了。舒怡那边的动静稍微大了一点。他还是看着手机不说话。舒怡也没有说话。他身上剩余的淡淡的酒气和香水味在黑暗中散开来，性欲也随之散开来，像涟漪一样。他知道过去了，正如他知道还会再来。

扶　桑

他从幼儿园刚接了俊宇回家，刚停好车，岳母便过来将俊宇从前院引到后院去。舒怡正站在楼梯口对着碧雅发脾气，她仍然穿着上班的套装，棕黄色的鬈发利索地绑在头顶，手里捏着一条绛红色的暗纹改良旗袍，看见他气得瑟瑟发抖，"妈妈刚买的，还没上身，被烫出了这么大的一块印子，问她还不承认。撒谎。骗人。""是不是蹭哪里了？"舒怡讶异地看着他说："妈妈这件衣服买了有好一段时间了，一直收着没穿，今天拿出来一看，烫坏了，之前又不说……你自己看那些小圆点。"他没明白，只能又向那块印子看去。白色的印子上有着一个一个空着的小圆点，呈现出熨斗底部的形状。碧雅涨红了脸，连带着红到眼睛里。他说，"又不是什么大事情……你不是说小苏打好吗？我帮你拿小苏打擦……""关键是撒谎骗人……妈妈说要送她回去。"碧雅听得懂一点简单的中文，听到这里慌忙说："太太，太太……先生……"他挥了挥手，示意她先走开。

舒怡捏着裙子转身上了楼梯。他快步跟了上去。舒怡径直走到卧室，打开衣柜，一件一件地查看着。"俊宇同学的妈妈说看见你。"她这几年添置了许多新衣服，硕大的红木衣柜里面挂得密不透风，她的脸掩在衣服之间，一件一件拿出来前后看过又挂回去，就这样抽出来挂回去几件衣服之后，她又说："和一个女人在咖啡座喝咖啡聊天。""哦。客户吧。"她没说话，看完了连身裙套装，又蹲在地上将衣柜下排挂着的衣服裤子一一拿出来检查。"碧雅是谁请的？"他想起卓心惠粉红的面孔，那松软细腻的倒三角。她等了一会儿没等到回答，站起身来。"没有。""什么没有？""没有烫坏的。"她关上了衣柜的门，转身走开了。

晚餐的时候大家都很静默，碧雅默不作声地坐在一旁照顾着俊宇。俊宇几次想和她玩，她也不说话，被俊宇闹得狠了，勉强笑一下，点点头。俊宇便去摸她的脸，"阿姨怎么了？为什么阿姨？"俊宇的晚间安排一向是吃完饭被奶奶带着玩一阵子，再洗澡，看一会儿动画片然后和奶奶一起睡了。舒怡上楼去了书房，他晚上没有安排什么工作，想着干脆趁这个机会处理一些琐碎的文件，便拿了一些文件到客房。

他在小桌子前工作了一会儿，听见俊宇在四处找他，便走出来逗了他一会儿，玩了一会儿之后，林太太催着俊宇进房间准备睡觉。等俊宇和林太太去睡了，他又回到客房工作。

过了一阵子，有人轻轻敲门，还不等他回答门就被推开了。碧雅手里端了个托盘，盘子上放着一杯冰水，眼睛红红地走进来。"哦。谢谢。"他说。碧雅将那杯水放在桌子上，静默地站在那里。他犹豫了一下，说："太太难得发脾气。也不完全是因为你。"碧雅还是不说话，也不走开，就在那里站着。他忽然说："当时……面试你的那个女人那么凶，为什么你还愿意过来做呢？""先生，面试的时候你们看我们，我们也是在看你们的。当时那位太太，虽然好像很凶，但是我看见她，就知道她是好人，我愿意跟她做。"他没说话。"我是真的需要钱。我有三个男孩。总要吃饭。学费校服总要买。男孩子调皮，上个月扔石头打破了人家的头，等着这个月薪水才可以赔钱给人家。借了贷款出来，只要有个月不寄钱回去姐姐就不管我的孩子了。父母老了，有病……"碧雅收了托盘，瘦弱的手臂抱着那塑料托盘，脸色凄苦，像是穷学生抱着一沓书一样。"我熨烫好了挂起来让它干，没有看到烫坏，挂去衣橱没有看到烫坏……可能是我没看到……真的没看到……"他拿起那杯冰水咕咚咕咚喝尽了。碧雅从餐巾纸盒里抽了一张餐巾纸，单手夹着托盘，拿起杯子放在一旁，慢慢地一下一下地擦着小桌子上的细小的一圈水迹，擦完了又靠过来一点，慢慢地一下一下地上上下下擦那水晶杯。"先生……请不要把我送回去……我有三个小孩要养……先生……先生……先生……"

　　碧雅走后俊宇闹了一两天，最后还是用动画片哄好了。舒怡在碧雅走的第三天晚上忽然很主动，真丝睡裤短而宽松，他迫不及待地从后面放进去的时候她没有发出任何声音，但是他仍然能够感觉到她轻微的不情愿，但这点不情愿又不合常理，他跟自己讲是自己想太多了。她的身子被他带着晃动了起来，盘在后面的头发松了，被外面街灯的光印在墙上，像一个被吊打的人，下面渐渐干涩起来。他便努力想着那优美的有韵律的身姿，想着脸面上的微红的柔和的三角，想了很多东西但却都没有办法射精。最后连他自己都一起难受起来。等她那边响起了轻微的鼾声，他起身去了厕所，在厕所里解决了之后，他回到了床上，舒怡那边悄然无声，房间里冷而安静。

他在报纸上看见她房子的广告。另一间公司的中介，梳着分头，穿着西装，没有打领带，双手抱在胸前，在照片里笑得很真诚。她将最后一笔中介费的支票寄到公司。他将那张支票慢慢地塞回到信封里，然后将信封塞进碎纸机里，那台碎纸机有些老旧了，一启动声音特别大，随着一阵像是痛苦又像是恐吓一般的闷哼，信封颤动着消失在碎纸机的机口。

这间女佣中介所的招牌简陋，挤在当铺，二手手机店，按摩院，杂货店，点痣瘦身美容中间，里面气味难闻，坐着几个女佣和一男一女两个中介。那女中介正在吃东西，摊开来的油纸上面一堆模糊的食物，难闻的味道大概就是从那里出来的。男中介抬头招呼。他站着问，"有没有现在可以带走的？""找女佣哈？"那男人笑着说。"不要新的吗？我们有新的，菲律宾印尼缅甸的都有。"他见他没说话，转转眼睛说，"要现成的也有，这里有一个别人前几天退回来的，事情做的是真好……很能吃苦，很厉害煮饭……之前……""行。"那男人愣了愣，脸色微微变了变，瞪着微凸的眼睛，"你不看一看吗？""不用。"那男人吸了一口气，身子往后仰了仰，上下打量了他一下，又继续把身子往后仰去，歪着脖子，头向后转，眼睛还是看着他，朝里面喊了一声。从里面走出来一个三十岁左右的女人，头发乌黑卷曲，小脸尖下巴，皮光水滑，穿白色紧身T恤，饱满的胸前一朵艳红的扶桑花高高突起，细而长的花心蛇信子一样地延伸出来，头上缀满了细小的蕊，随着她呼吸的剧烈起伏而显得颤巍巍的，一条绵绸的黑底白花的大象吊裆裤，看见他便微笑着低声问候："晚上好，先生。"那裤子他记得他母亲也有一条类似的，别人去泰国旅游，带了一条给她，一到夏天就拿出来穿上，在家也穿出门也穿，那裤子本来就没形，料子很韧，二十多年也洗不变形。他点点头。那男人对那女佣说："诺薇啊诺薇，你先进去一下。"他压低声音说："有些事情呢我是一定要和你讲清楚。"他将旋转座椅移向前，再靠近一些，身子向桌面弯曲，斜着头，勾起眼睛看着他说："这个女佣呢是前面一家退回来的。这个我没有骗你。你一进来我就跟你讲了。是不是？你说是不是？"得到肯定的答案之后，那男人将身子收回来了一点，下巴也收起来了一点，拖长了声音说："但是呢……"他压低了声音，"这个原因呢我也是要跟你讲清楚的。"他抬起头来四下里看了看，又说："事情呢我也是听说，听说，你懂吗？这个诺薇呢，她之前的雇主是中国人和本地人结合的家庭，太太是中国人，先生是本地人。你明白吗？两边呢都有两边的说法，她是说雇主虐待她，她说要走，不让她走，没有办法，她才跑出来，跑到菲律宾大使馆去了，又被送回来这边。可是雇主那边的说法呢，就不一样了。"那男人停顿了一下，"他们是说，这个女佣诬告，中国太太的父母来了，住了一段时间这个女佣说太太的父亲非礼她，从后面抱她，要他们给她钱了事。那女人的老公是有点聪明的，赚钱也多，别的都不说，只问她抱她的时候姿势怎样，手放哪里，说他岳父有点胖，有个大肚子，要像她说的那样从后面抱她手又可以放在那里比较困难的。她被戳穿了，害怕了，所以跑掉了。两边各说各有理。虐待女佣呢要上法庭，非礼呢也要上法庭，诬告呢也要上法庭，这个我就不管了，我也分不清楚到底是谁在讲真话，谁在讲假话。今天你要拿这个女佣，所以我先跟你讲清楚。"他不置可否。中介接着说："讲真的，现在的女佣，雇主，都很难说了，现在的人也很难说了，到底什么是真的什么是假的？谁说的是真的？谁说的是假的？谁知道？你说谁知道？"他低头看看面前的合同，抬起头来笑着说："梁先生，你说是不是啊梁先生？我们做这一行的，什么都听过，前段时间有个送回来的，说是女佣趁着太太孩子不在家，脱光了坐在客厅里，吓得家里的男人翻墙出去的。哎，但是后来转介去了另一家，很好嘛，相安无事哦。"那男人一字一顿地说，"相安无事。"他忽然想起他岳父的肚子来，盖在衬衫 T 恤衫底下，微黑的，布袋一样微凸的。

诺薇坐在车后座上，一只手抓着她的黑布袋，一只手捏着一根擦窗户用的细长的蓝色塑料棍子。他从观后镜里看了她一眼。她的头发略有些乱，蓬蓬松松的，古铜色的脸上，像涂了一层清油，身上散发出浓重的花露水和香皂的味道，神情紧张地看着外面。车开得飞快，左突右突，每次急刹，她便会微微倒抽一口凉气，然后一边笑着一边发出轻轻的娇呼。车停在一个红灯前的时候，诺薇忽然说："先生……先生……"他皱着眉头回过头。"谢谢你先生。谢谢你。"她那形状优美的眼睛里蒙了一层水看着他。他忽然想起卓心惠来，掉转了脸皱着眉头盯着那红灯看。

自从送走了碧雅之后，舒怡就很少理他了，看见他带了这样的一个被人退回去过的女佣回家，也没说什么，只是在外面的时间越来越长了，回到家也不用诺薇做什么，也不理她。他也接了许多带看，回到家一般都是晚上十点多，那天一进门就见诺薇在客厅墙角的小木凳子上无所适从地坐着，看见他回来便上前楚楚可怜地拽着他，眼睛里汪着泪盯着他，"先生。太太和阿嬷都不让我做任何事情，我不知道怎么办。我不能再被送回到中介那边了，我跑过一次，如果再回去中介那里，都有记录的，不到一年换了两次雇主，没有人会愿意请我了。"他也想不到什么办法，只说，"你在之前那家怎么做，就怎么做吧。"

诺薇开始和林太太抢。林太太擦地板她就赶着去洗厕所，林太太洗衣服她就赶着换床单床罩，林太太洗过的蔬菜水果，她再拿过来，蔬菜用加了小苏打的水再泡一次，水果用加了盐的水再泡，俊宇吃的葡萄小番茄她用面粉兑着水一个一个搓了。衣服刚晾干，她就抢着收了熨烫，她不仅把衣服床单都烫了，连一家大小的内裤都用蒸汽蒸烫平整，然后再晾出去，等水汽干了才一件件细细叠整齐，按颜色样式分类放入各人的衣柜里。舒怡一进家门她便赶着倒水端水拿家里的衣服给她，嘴巴又甜，先生太太早上好下午好晚上好晚安，次数多了舒怡也不好意思总是不理，一开始是点点头，后来也就会应一句两句，再后来有什么找不到，也会叫诺薇过来问问她收到哪里去了。有些事情不用舒怡交代，诺薇自己就做了，三天两头把俊宇能洗的玩具都洗一遍，用消毒水泡了，一个一个冲洗干净放在太阳底下晒干。她从左邻右舍的女佣那里听来林家的习惯，还不等吩咐，自己拎着水桶先把家附近公园里小孩子会玩到的设施擦洗一遍，有时候他从幼儿园接了俊宇刚进家门，她就笑着对他说，"外面的小猴秋千大象滑梯都洗干净了，要不要阿姨带你出去玩啊？"俊宇自然是要的，欢天喜地地跟着去了，玩回来一手拿着阿姨给买的冰淇淋一手捏着消毒纸巾，"吃之前阿姨给我擦过手了，两遍。"

那天晚上他一到家便闻到熟悉的爆辣椒大蒜的味道，一开始还以为是隔壁家飘过来的，等看到餐桌上的菜觉得十分惊讶。他岳母解释说和亲戚出去了，想不到回来路上遇上大塞车，一进门便看见一桌子对扣着的瓷盘子。桌上的菜很丰富也很地道——青椒肉丝，瓦块鱼，皮蛋拌豆腐，糖醋小排，宫保鸡丁，居然还有一个紫菜蛋花汤。俊宇和舒怡都不吃辣。诺薇特别又专门炒了两小盘没有放辣椒的肉丝和鸡丁。他岳父吃了几口直说好吃。诺薇微笑着红着脸轻声地吐着舌头说谢谢。林太太和舒怡晚餐一向吃得少。他吃顺了口，破天荒的叫女佣又添了两次饭，最后连那青椒肉丝的菜汤都倒进饭里。连俊宇也胃口大开，吃完了自己的那一份居然又伸着小叉子要去叉瓦块鱼的番茄汁。林先生从不管家里的琐事，也不知道这女佣的来历，看着诺薇笑着说，"以后可以常常烧，以后叫她经常烧。"

晚饭后林太太特地在厨房里问诺薇，哪一家中介公司介绍的，怎么会烧这些菜。她说自己本身就喜欢做饭，之前的那家中国太太吃不惯本地菜，教了她好些中国菜，她还会发面包包子，猪肉大葱包子，小孩子最爱吃，还有番茄炒蛋，酸甜酸甜，番茄牛腩，小孩子都特别喜欢吃，很多维他命 C。林太太又问家里的情况，她说分居，老公已经有别的女人了，她一个人养三个孩子，开销大，姐姐和妈妈在帮忙照看，每个月都要钱，一直要钱，什么都是钱……说着就又哭了起来，用满是洗洁精的手指使劲擦眼睛。林太太便点点头没有说什么。讲到这里舒怡一闪身进了厨房，她问诺薇这些菜是不是都是之前的雇主教她做的。诺薇笑着说是。舒怡又问做得这样好，为什么之前那家雇主要辞退她。诺薇解释说不是她们辞退她，是她跑出来的，中介公司可以做证。舒怡点了点头。诺薇便看着舒怡破涕为笑，说："谢谢太太。谢谢太太。"

诺薇十分勤快，工作也努力，每天天朦朦亮就起来，洗了澡换了衣服绑起头发，喝一杯加了很多糖的咖啡然后就去院子里洗车，等到舒怡和梁晓出门的时候，被擦洗干净的车辆在清晨的阳光中闪闪发亮，地上的水流到了外面街道上。诺薇到哪里都喜欢光着脚，那蜿蜒的水痕旁是她的脚印。有时候他醒的早，躺在床上听见诺薇在外面洗车的水声，夹杂着她轻轻的歌声。

多了诺薇这样一个人，家里的气氛忽然不一样起来。

这家里的家具多以红木为主，都是沉甸甸的暗色，家具上的摆设也多以铜或木雕塑为主，都像是拉着人往下坠。自从诺薇适应了这里的生活，她偶尔会从外面摘几朵野花回来，有时是玉叶金花，有时是飘香藤，用家里之前不知道收在哪里的豆青霁红的小花瓶插了，摆在房间的各处，而且居然都照料得很好。他有一次看见他岳母盯着其中的一小瓶养在水里盛放着的重瓣朱槿发呆。

舒怡也有些不一样，但是他又说不出来哪里不一样了。他从来都说不出来。舒怡的梳妆台上忽然多了许多护肤保养品，化妆品和美容仪器。以前舒怡从来不化妆，最近却多了很多化妆品，成套地堆在梳妆台上，偶尔有一次他走近了细看，腮红居然有深喉，高潮这样的名字。结婚的时候林家曾经请人来家里粉刷装修了一番，重新调整了房间。暗红色的酸枝梳妆台被搬到了大房间，而以前舒怡的房间则被改成了婴儿房，但因为俊宇长期和林太太一起睡，所以那间房间也没有用起来。她练琴练的特别刻苦，肖邦越弹越流利，毕竟小时候学的底子在那里，已经明显越来越娴熟了，错误也越来越少。他听着那曲子，那他连名字都不知道的曲子，他觉得他在哪里听过那曲子似的。他觉得那曲子里有东西，但是他不想知道是什么，就像他不想去翻看她的琴谱，看那上面的曲名到底是什么。那天他到家就已经很晚了，一进卧室就闻到浓烈馥郁的，他也说不清的气味。她已经关了卧室的灯，正靠在床上玩手机，他走近了也不回身，手机上一团亮，到处都影影绰绰，幽幽暗暗的，只有手机屏幕上的那一团亮光清清楚楚。

　　他走去厕所哗哗哗放了半天水，坐了进去才发现放的都是凉水，他又开了热水，那股滚热的水一进浴缸便融入凉水中，但仍然是不停地流着，像是在安慰着他似的。

过了一阵子浴缸里慢慢热了起来，他呆呆地看着自己伸在白瓷釉上的两条腿。浴缸里的水越来越热，水从溢水条里流了出去，咕隆咕隆的，他看着那出水条，黑洞洞的，时间久了，微微散发着腥味，像是一个人在里面压着嗓子抑制着哭声。他心里的不愤漫了出来，滚烫地流了一地，顺着势往外流去。洗了澡出来擦干的时候，他才发现刚才自己连衣服也忘了拿。他光着身子走到衣橱前拿了干净的衣裤，衣橱门内的镜子里朦胧地映照着他自己。他已经有很长一段时间没有健身了，但灰色棉质休闲短裤裤腰处的白色系带处还能看见紧实的腹肌和马甲线。一片黑蒙蒙中，她盖着薄薄的羽绒被躺在那里，臀部的微凸处有一小道昏黄的光。他掀开被子后那护肤乳的香味愈加明显，他手上也沾染了那种滑腻浓香的感觉。手机上的微光映着她面无表情的脸，一言不发地推着他，拉着他的 T 恤，她的动作很有力，因为用力，在一片寂静中可以听到两个人因为用力而发出的哼声。最终他放弃了，只是抢过她的手机用力扔在一旁。

院子里亮的地方是那一池泳池里平静的水，水底安了灯，从底下照上来，暗的地方是四周的植物盆栽，再远一点就是院墙外面。他走到泳池边，看着池子里那一团一团的亮光，伸出那只散发着润肤霜气味的手，在泳池里轻轻一晃，被搅动的池水豁拉一声，仿佛一个什么不大而又空心的东西坠进去了一般，轻不可闻。水面上一层薄薄的润肤霜油，颤动着散开来。诺薇站在大门口有些吃惊地看着他，过了一会儿也面无表情了，只是看着他，他想起之前那几个看着舒怡的女佣，脸上也是带着这种悲悯之色。他在泳池旁边的一张小躺椅上坐了下来，在一片澄清的寂静中，他想起小时候那些闷热的夏天睡在户外竹床上的夜晚，宽大的马路上的灰尘慢慢都落到了地面，泼的水迹也渐渐消失了，竹床上的硬，远处的声响和堆积的情绪都模糊了起来，他有一种空灵的愉快感，他渐渐地睡着了。

Chapter Three

山 茶

将近两百米高一百五十米长的无边际游泳池仿佛悬挂在半空中,下面是连绵璀璨的金融区,地下是大型的赌场和名品店。游泳池里的人不多,大部分都集中在无边际的那边拍照,几个小孩子在池边泼水嬉笑。一些人靠在躺椅上晒太阳,玩手机,看书,还有些在另一面面海的按摩泳池里泡着看海景。现在正是夕阳西下的好时候,又不热,高楼林立的金融区笼罩在一片金灿灿的余晖中,给人一种温柔的感觉。梁夕定的是风景最好的位置,他叫了两瓶香槟,服务生砰砰地打开了,先给梁夕倒了,然后顺着依次给其他人倒。梁夕笑着站起身来,潇洒地举起手里的香槟,高兴地对大家说:"来来来!我们走一个。"等到一一碰过了杯,大家坐定了,一个女服务生过来笑着问:"梁先生,可以点菜了吗?""等一下。"梁夕不耐烦地皱着眉头摆摆手,从身边的包里拿了个包装精美印着路易威登 Logo 的纸盒出来,伸到俊宇面前,"我实在太忙,没来得及在国内买什么东西,反正都差不多,这边楼下店也不少,叔叔送给你的见面礼。"林太太接过去说:"说谢谢叔叔。"俊宇跟着重复了一遍。梁夕笑着模仿着小孩子的声音说:"哎。不客气。"又转头对他儿子说:"Daniel,你跟哥哥玩。你把你手里那超人跟哥哥一起玩。"Daniel 正举着手把超人托在手掌上飞,听见他爸这样说，让超人在空中一个急停，看着俊宇说："你怎么不说英文啊？你有英文名字吗？"俊宇不说话，只是摇头。"啊？你怎么没有英文名字啊！怎么会呢？"Daniel 大叫起来。"我们班上，我们学校里人人都有英文名字。"林太太忙说："这孩子话少。他是没有英文名字。"Daniel 又看着俊宇说："你不会说英文吗？"Coco 笑着说："Daniel，不要乱说话，哥哥的英文肯定比你好。"Daniel 不服气地说："爷爷说了，我的英语可是国际幼儿园里正宗的美国人教出来的。他的英语是什么人教出来的？"Coco 只是笑。Daniel 见没人接他的话，赌气对着俊宇说起英文来，一开口就是纯正的美式口音。俊宇只是看着他。"你不是有东西要送给弟弟吗？"林太太一边将俊宇拉到她身边去一边将椅子旁放着的纸袋递给他。俊宇也不接，整个身子缩着，噘着嘴往后靠。林太太只有笑着自己递过去。Daniel

拿过去一看，两只眼睛往上一翻。"Lego Again? Oh, My, I don't believe it! 我已经有好多乐高积木了。"说完就往桌上一丢。Coco 收了桌子上的积木，眨了眨眼睛对梁夕说："叫他们点菜吧。""你慌什么？反正你也不吃。"梁夕提高了声音抢白了她一句。Coco 掉转了脸，又去看 Daniel。"上一次回来还是我结婚那次嘛。"梁夕说。"你们应该多回国内看看，现在国内变化可大了。"林先生说："人家说三年五年一个样，现在估计是半年一个样吧。""可不是嘛。"梁夕喝了一口香槟。"这香槟不错。"他飞快地说，大开大合地将银冰桶里的香槟哗啦一声抽出来，定神看了看上面的酒标，笑着说："很多国外有的，国内都有了，国外没有的，国内也有了。""Coco 长得真漂亮。"舒怡忽然说。"哪里哪里。"Coco 不好意思地抿嘴笑了一下。"像女明星一样……"舒怡话还没说完，梁夕又指使着服务生给大家继续满上香槟。"吃饭吧？小孩子饿了，等下也不能回去太晚。"林太太说。梁夕转过头喊住旁边经过的一个服务生。"哎。刚才那中国女服务生呢？叫她点菜！"

　　林家都说随便，也不碰菜单，林太太只说这里应该会送餐前面包，到时候俊宇吃些面包就好了。梁夕挥着手笑着说，"来了这样的地方还吃什么面包啊。来。叔叔给你点！点牛肉！"林太太忙解释说俊宇不吃牛肉，吃了容易消化不良。梁夕拍着 Daniel 笑道："你看看我们家这个！什么都吃！最喜欢吃牛肉，而且一定要吃日本和牛。长得壮实啊。你们家这个怎么这么瘦，要多吃点。"结果最后只有他父亲点了牛肉。服务生问他要几分熟，他说三分熟。点完了菜大家又不说话了，舒怡拿着刚端上来的面包撕给俊宇吃。沉默了一会儿，梁夕说："哥。你为什么没考虑回国啊？现在国内机会特别多。"还不等他回答，林先生说："他老婆孩子都在这里怎么去啊。你们中国人那么多人，做什么不赚钱？十几亿人口，一人给你一块钱，也发了啊。"梁夕笑了笑，喝了口酒没说话。他父亲接过话去，说："话是这样说。但是也要靠本事的。我们家这个儿子到底是有本事啊。"林先生声如洪钟地笑了两声。梁夕打了个哈哈算是圆场，笑着说："那当然，那当然。梁家的儿子自然是有本事的。"

"这牛肉是三分熟的。"服务生上菜的时候说。"您看看行不行。"梁夕拿起叉子戳了一下牛肉，血水立刻流了出来。"这也太生了吧。你是不是想要的是七分熟的？叫错了？""没错。"他父亲拿起叉子，将牛肉端到自己面前。这一晃动，又有更多的血水流出来了。"您看行吗？不行给您换一个七分熟的。"服务生问。"你行不行啊？不行换一份吧。"他母亲在旁边着急。他父亲不作声，赌气一样叉着那牛肉，切了一块下来放进嘴里。"要换吗？"他母亲又问。像是回答她一般，他父亲又切了一块放到了嘴里，用力嚼着，血沫子在嘴角一翻。

他父母几次逗弄着俊宇，但俊宇一直不怎么说话。"过一段时间就熟悉了，过一段时间就好了。"林太太笑着说。"可惜你们来的时间短。下次不要住酒店，就住家里。都是一家人。"梁夕笑笑，说："这血缘关系这是没办法的。"Coco只喝着香槟，偶尔夹一筷子沙拉，这时忽然问，"哥哥嫂嫂是做什么的呀，我……""我不是跟你说了做房产中介嘛。"梁夕大声说。那天梁夕一家穿得都很随意，梁夕穿范思哲的黑色T恤，下面是大Logo的黑色休闲裤和球鞋。Coco则穿着一身印满白色山茶花的香奈儿黑色裙子，就连小孩子一身博柏利。林先生穿着一向是短袖衬衫，林太太穿一身深蓝素色旗袍，他父母穿着T

恤衫运动裤球鞋，只有他和舒怡是下了班过来的，穿着衬衫套装，坐在他们中间如两个陪吃的房产中介。"我不是中介。我是文书。"舒怡想了想认真地说，然后又看着Coco反问，"你呢？"梁夕说："她以前就一小学的音乐老师，现在哪里还要她上班。"Coco眨了眨眼睛，转着头看着Daniel说，"还不是因为要带他。其实我最喜欢做事情。结婚前还说要去法国学服装设计。我想创立自己的服装品牌。"说完她展示了一下她的黑色链条包，"我最崇拜Coco Chanel，独立的女性，所以我的英文名字是Co……"梁夕打断她，看着舒怡说，"现在就在家里教教钢琴。女人不上班也不行，不上班会出事儿的。""出事？出什么事？"舒怡皱着眉头问。梁夕一愣，然后转头看着大家哈哈哈地笑了起来。

　　饭吃到差不多，服务员过来问还要不要加酒。梁夕

询问地看着大家。林先生说:"差不多了吧。"梁夕便说:

"好!那就不加了!"说要买单的时候发生了一点小争抢。

"不要这样。不要这样。"梁夕大声说。"进房账!进房账!"

那女服务生笑着跟着说:"梁先生是我们尊贵的客人。"林

先生皱着眉头不高兴地说:"到了这里哪里有让你们请我

们吃饭的道理。"梁夕一边签单一边高声说:"现在这里中

国人可真多,走到哪里都是中国人。住店客人也是中国

人,服务生也是中国人,酒店里收拾房间打扫卫生的也

是中国人,楼下名店里卖东西的也是中国人……哪里像

以前……"梁夕的声音越讲越高,引得旁边的几桌侧目,

他丝毫不觉得,"上一次来的时候我说带爸妈去名店看看

名牌吧。人家看你那样,听你一开口就根本懒得搭理你,

当时还跟我说什么很多款都没有摆出来,一摆出来就都

被日本客人买完了。"梁夕高声笑了几声。"现在这些名

牌店，名表店，珠宝行一听到中国口音就热情得不得了，世界各地的名牌店里到处乡音盈耳！乡音盈耳啊！日本人算什么，英文也不好使了。只有地地道道的中国腔最受欢迎！"然后又看着梁晓说："你不是中介吗。到时候我有客人要在这里买房子，我给你介绍，我手上可都是大客户！绝对大客户！"梁夕的声音大到隔壁桌的一桌金发碧眼的客人一起转头看向他，梁夕这才觉得，忙对着他们点了点头说："Sorry！ Sorry！"他说："好。"

天已经完全黑透了，灯火和建筑在下面构建出一片繁华美丽的夜景。餐厅下面一层是开放给人参观的，交了钱买了票就可以坐电梯上来看一圈夜景。他忽然有点羡慕底下站着的那些人，他想站在他们中间，带着父母带着梁夕站在他们中间。

买了单大家站起来握手道别，林太太和舒怡带着俊宇去洗手间，Coco也带着孩子一起去了，梁夕和一个女领班在聊天，问她这餐厅一天的租金和运营的各项开销。他父亲一个人走到另外一边背着手看海景。林先生也走到另外一边，双手抱在胸前眺望远处。他母亲忽然从随身的包包里拿出一个红包往他手上一塞，"这是我和你爸给俊宇的。"他忙说："妈，你自己留着吧。自家人。不讲究这些。"他母亲低了低头，看了看手里的红包，抬起头说："没多少。就一千块钱。我知道你们都看不上这点钱。夕夕也是说现在谁还给一千块红包，还是人民币。但这是你爸和我的钱，不是他的。也是我们的一点心意。你就收着吧。"他还想推脱，但看她有些慌张遮掩的样子，像是躲着他们似的，便接了过来，放在了口袋里。

林家一家先回去了，留了他带着俊宇在这里陪爷爷奶奶玩。大家坐在套房里说话。"这里真安全。又干净又安全。"Coco 坐在沙发上看着梁晓说，他只是笑笑。到了房间里，Daniel 立刻就把自己带过来的玩具搬出来一样一样给俊宇看。两个小孩子玩在了一起。梁夕自从进了房间就不说话了，只看着窗外的景色发呆。他们的套房对着花园，不远处几棵巨型的人造参天巨树在黑暗中闪闪发光。Coco 又细细问俊宇在哪里读书，每个月学费多少，双语教育是怎么回事情……又说 Daniel 现在在读的国际幼儿园也价格不菲，就这还要排队。他父母坐在两个孩子旁边看着他们玩。Coco 又问在这边买房子要多少钱？小孩子进小学是怎么个进法？"我听说妈妈可以办陪读？像我这样如果一个人带着 Daniel 过来租一套房子要多少钱……""你他妈有完没完了？"梁夕忽然吼道，"国内多舒服？要什么有什么，俩保姆把你伺候着！哪点日子不如你意了？我看是太如你意了！"他父母不作声，只是看着两个孙子玩耍，Daniel 像什么也没听见一样继续高兴地玩他的，俊宇被这突如其来的吼叫吓住了，看着梁晓发愣。梁晓对他摇摇头。梁夕从窗边移到沙发上，对着 Coco 说，"该干嘛干嘛去！"Coco 瘪瘪嘴，没说什么，站起来去了另外一个房间，只听见厕所里面一两声乒铃乓啷摔东西的声音，然后是哗啦啦的水声，过了一会儿，又在里面叫着梁夕。梁夕走了进去，两个人在里面吵了起来，高一句低一句，外面零零碎碎也能听到一些。

他父亲欠身拿了一份酒店送的报纸，一边翻看一边低声哼起歌来。俊宇忽然问，"爷爷，你唱的什么歌？"他父亲愣了愣，有点尴尬地说，"爷爷唱的是革命歌曲。可能你听不懂。""什么是革命歌曲？"俊宇问。正说着梁夕从里面走出来了。"哥。"他仰着脸对梁晓说，"让你见笑了。家里的事情，都是些小事儿。"他没说话。"哥，要是有什么需要我帮忙的。只管说，我周围的，去美国加拿大的多，来这里的少，但是也有。我手上有几个很大的客户，男的以前在国内当大官，老婆孩子移民，现在做大生意，两边跑，资源丰富，听说在这里有很多房子，到时候我一定介绍给你。要是认识了这帮人，你就等着发财吧。"他嗯了一声，站起身来说："我们也差不多要走了。小孩子不能太晚睡。"回家的路上他安安静静地慢慢开着车。俊宇忽然问，"什么是革命？"他没有回答，一边开车一边想这次本来大家说好了要一起拍张全家福的，结果这么几个小时，那么好的风景，大家都忘记了，连一张照片都没拍。

王　莲

　　高尔夫俱乐部坐落在自然保护区之内，掩映于热带雨林之中，附近有几条穿过雨林的健行步道。易珺穿着深蓝色的小圆领快干运动衣，底下一条有点变形的黑色弹力裤，脚上一双略有些脏的奶油色运动鞋，背着一个半旧的黑色尼龙斜挎背包，手里捏着块淡黄色嵌蓝边的手帕一边擦着汗一边笑着说："你们梁家两兄弟都长得这么帅。各有各的帅。梁夕一给我你的电话我就直接打给你了。"她指了指旁边的女人说，"刘太太一家办的是投资移民，先生在国内有事情，两边跑。她自己一个人带着一儿一女在这里。现在正急着找房子，可能需要你多多的帮忙了。"刘太太也对着他笑笑。"梁先生有名片吗？"他马上一人递了一张名片。"你喜欢运动吗？"不等他回答，易珺已经自顾自地说下去。"我们是非常喜欢运动的。我先生也是。经常过来这里健行。健康生活。下次你也可以加入我们。这一圈走下来至少十公里。哎。你们要喝什么？"俱乐部内的咖啡座设计成林间凉亭的样式，多用暗色系的实木和石材装饰。三个人都点了西瓜汁。"刘太太是我孩子同学的妈妈。名校里现在中国人的孩子也多了，按理说中国人和中国人应该特别团结才是。但有些妈妈根本不愿意搭理人，鼻子都长在天上。"易珺仰起汗津津的削瘦的脸庞，利落地往后拢了拢汗湿了的短发，"其实家里也没几个钱。我不喜欢周末的时候来这边，周末人太多，我又要陪孩子。平时送了小孩上学来这边运动一下，走半个小时也碰不上什么人。""可以带着孩子一起来啊。"刘太太说。刘太太个子矮，脸长而宽，眉心两道深深的皱纹上下延伸开来，穿着五分深灰色弹力裤，暗红色的稀薄快干衣，一直微笑着听着易珺说话，难得插上话。"我的小孩都不喜欢运动，叫他们跟妈妈来走路。他们怎么也不愿意。""现在的小孩都不喜欢运动，天天玩手机。"刘太太笑着说。"我儿子倒是不玩手机的。我们这些人都很喜欢运动的。我先生的那帮生意上的朋友来得更早。注重健康。生意做得越大的人越喜欢运动……"

虽然笼罩在参天大树的树荫里，但还是有些热，他解开了衬衫领口的一颗扣子，拉着前襟轻轻扇了扇。"今天我介绍你们认识了，以后你买房子就找他。"易珺对着刘太太说，然后又看向他，"梁晓家和我们家是很熟的朋友。"刘太太眯起眼睛皱着眉头又看了看捏在手里的名片，不放心地说，"关键是要靠近名校的学区房。你看她的三个小孩，不都是在名校里吗？""我那不仅是住的近，而且是捐了钱的。"易珺清脆地笑着，"儿子进了之后两个妹妹自然也就跟着进了。我们这些人，一天天的不就是为了孩子吗？那名校到底是有点不一样吧。"她看向他："听梁夕说你有个儿子在上幼儿园，小学选好了吗？""我太太选,这些事情她比较熟悉。"易珺笑着对刘太太说:"他太太很能干的。"刘太太看着梁晓笑,喝了一大口西瓜汁,喝完了就像说完了话一般,继续看着他俩。易珺笑着说,"名校到底是名校。我女儿班上有个同学,成绩特别好,对人也和善,但是就是有别的同学嫉妒她,欺负她,说她坏话,老师叫她去谈话,你猜她说什么? 她说她根本不难过,也不计较,因为她有更重要的事情要做,要为班级,为学校,为社会出力,没有时间去计较那些事情。这样的孩子才是真正的胸怀天下的好孩子。我从小就教我的孩子们要与人为善,我常常跟我儿子说,他是男孩,一定要做一个胸怀天下的好人。"易珺不停歇地一直说下去,"我常常跟他们说,妈妈不要求你们成名成家,也不要求你们赚多少钱,但是一定要善良,一定要为别人考虑,凡事都要多为别人考虑。"她转向刘太太,又说:"我前一段时间去上了一个亲子教育课程，真是不错，你也可以去上上。里面讲怎么跟小孩沟通，第一堂课老师就在大屏幕上打——"她停顿了一下，放慢了语速，用手指在桌上画着，仿佛在默写这行字，一字一顿地说："'我们终其一生也无法走出自己的童年'，你们看看这句话说得多好。我上了半年，贵是贵了点，但是很好。我跟我的孩子们说，原生家庭真的很重要，妈妈要好好和你们沟通，要让你们在爱里长大，不要忘记妈妈给你们的爱，一定要接纳妈妈给你们的爱，接纳这个世界给你们的爱。"她忽然意识到自己讲激动了，声音在这间幽静的林间咖啡厅里显得很刺耳，她扁了扁嘴巴，眨着眼睛，低头看了看自己面前的西瓜汁，收敛了声息。

他趁着这一阵静默问刘太太对房子的要求。刘太太说只要是靠近名校的独立或者半独立的洋房，最好是现成的，新一点最好，要马上能交房马上能搬的那种。"越快越好。如果马上能交房，旧一点也没有关系。"她急切地说。他心里大概也能猜到几分原因，等弄明白了她的全部要求之后说："这样的房子我手上也是有的。也可以和其他中介合作。我帮你筛选一下。到时候发给你。"谈完了房子的事情，西瓜汁也差不多喝完了。"要不要一起吃饭？"易珺说，"听说最近有一个法国名厨来这里，在希尔顿酒店，就三天。我们去换身衣服然后一起去？"他连声推脱，西瓜汁啜得吱吱响她们没有要走的意思，便说要先走了，伸手叫了买单。"那就一起走吧。"易珺说，"我们去俱乐部里面做个 SPA。"

路过咖啡座门口用石块堆积出来的一个小莲花池的时候易珺问，"你们知道这是什么花吗？"刘太太心不在焉地扫了一眼，"看上去像是荷花。"易珺笑着说："这是王莲。我查过。很有意思的植物。"一只牛背白鹭鸶正好停落在一片王莲上，头歪一歪，形成了漂亮而又有趣味的画面。池子里的王莲都是一米左右大小，阳光下显得碧绿，叶子上面有晶亮的水珠，中间点缀着淡粉色，深红色，紫色的莲花，叶子下面围满两三厘米长的锐刺，那只牛背白鹭鸶仿佛被迷惑在睡莲的香味中，又像是被阳光照昏了头，一动不动地若有所思地凝视着水里。

刘太太这样的客户的佣金赚的是比较轻松的。房子一看到基本符合要求的很快就定了下来，等签订合同，交了定金，进入买卖程序之后她仿佛松了很大一口气，喜笑颜开地坚持要请他吃饭，因为易珺是介绍人，她也是一定要到的。易珺在电话里笑着说外面的饭菜有什么好吃的，倒不如去她家。她经常请客，都是家庭聚会，让他一定带着家人小孩子一起。其实他是不想去的，顺口跟舒怡提了一下，本以为舒怡一定会拒绝，他也就刚好有这个说头。没想到舒怡居然一口答应了下来。他又不好说不去了。

易珺家的门牌是十八号，占地面积大，设计的极有特色，外墙使用了大量的柚木做装饰，柚木巧妙地镶嵌在钢筋水泥中间，既整齐又错落有致，一块一块斜出来，仿佛百叶窗一样，感觉里面有个绳子轻轻一拉，整个房子就会合拢起来似的，碉堡一样矗立在那里，密不透风，牢不可破。房子大而新，大门敞开着，院子里并排停着一辆奔驰 S500 和一辆保时捷彩卡宴，里面门户大开，门口散了一地的鞋子，游泳池边摆了张塑料椅子，上面坐着个皱着眉头的仿佛满腹惆怅的中年男子，梁晓对着他点点头，小声地说了声你好，那男人没搭理，皱着眉头低下头看手机。客厅里面有一些男女或坐或站，几个小孩子跑来跑去，听口音都是中国人。他一恍惚，回到了当年林太太请客的那次，看着那大铁门犹豫，如果不是他手里捏着两瓶上好的红酒，他仿佛退了回去。舒怡小声地问，"这里面谁是易珺？"他回过神来，看了看舒怡和俊宇，带着他们向里走去。进了客厅他一个人也不认识，既没看到易珺，也没看到刘太太，只有小声地问一个坐在沙发上的男人，"请问，易珺在哪里？"那男人现出尴尬的神情，"呃……我不认识……"他让舒怡带着俊宇诺薇先坐在客厅，自己往里走去，里面是一个面积很大的内厨房，有着高而宽的三开门冰箱，堆满了食物的硕大的西式厨房中岛台，两个女人正指着自己手里的饭盒满头大汗兴高采烈地说着什么，另一个女人指挥着两个女佣摆放着料理台上的饭盒。房间的另一头放着一张硕大的长方形的红木餐桌，红木椅子上坐着个十七八岁模样的男生，正对着两个中年女人高谈阔论。易珺从外厨房那边进来，戴着一副金丝边眼镜，镜片上有斑斑点点的水迹和看得到指纹的指头印子，起了球略有些变形的墨绿色带金丝线的半袖圆领上衣衬得她腰身细瘦，看见他便笑了，接过红酒顺手往料理台上一放。"哎呦。这么客气，还带酒来。来，我来给你介绍。"她对着那些人招招手。那正在高谈阔论的男生一边继续说着一边走了过来。"这是我大儿子，明年要考大学了。我还有两个女儿，一个小学六年级，现在估计在做作业，小女儿才一年级，这会儿应该是在楼上玩。"易珺笑着问。"你太太和小孩呢？我看看。"他回头看了看，房子大，人又多，客厅距离餐厅有一段距离，他一时找不到他们。再回过头来，易珺已经去招呼别的客人了。

菜都是来的客人带来的，西式样子的一人一菜，但菜都是中餐——照烧鸡排，卤牛肉，烧排骨，凉拌海带……他犹豫着不知道给舒怡和俊宇夹些什么才好。桌子上放了两瓶大可乐，和快餐店送的塑料杯子，喝着喝着就搞混了，大家只能频繁地询问辨认各人的杯子，也亏得这样，他和他们才有几句话说。菜很一般，吃起来都有那种随便做做的搪塞感。餐桌上坐不下这么多人，不过好在房子大，人零零散散的凑成三堆五堆，还有人干脆端到游泳池旁边去吃。易珺的大儿子说话声音大，虽然只是对着那两三个阿姨说，但整个餐厅都听得到，虽然也是滔滔不绝，不过好歹有点抑扬顿挫。"我爸常说，法拉利是没什么了不起，说这话的人必须得先买得起法拉利。就好像我们同学常说，考第一有什么了不起。他们成天就知道玩手机，你们看我整顿饭拿了手机没有？一次都没

王　莲　　211

拿……"

　　舒怡在旁边一边吃一边小声地抱怨这家里不干净，俊宇身上被咬了三四个蚊子包，有人往身上喷洒着驱蚊水，顺口问舒怡要不要，舒怡接过来让俊宇转着圈对着他泄愤似的喷了半天，又要诺薇把那瓶驱蚊水捏在手里，如果再看见有蚊子叮咬，就再喷。面积巨大的餐厅里充斥着香茅油的味道。一起吃饭的有他的同行，也有卖保险的，卖保健品的，居然还有卖吸尘器的，还有几个在这边有业务的中资企业的老总夫人，都带了小孩子来，小孩子都在三四岁到十二三岁之间。吃完了饭易珺带着一对想要买房子的夫妇过来介绍给他认识。这时正好俊宇过来找他，后面跟着诺薇，易珺说："这是你的儿子？"梁晓对俊宇说："叫阿姨好了吗？"俊宇顺口叫了声阿姨好。易珺略有些激动地笑着说："哎呀。阿姨的小女儿跟你差不多大的呀，她在楼下影音室看动画片，你要不要一起去看？"俊宇正嫌烦闷无聊，连声说要。旁边几个小孩听到，也都吵着说要去，易珺便牵起俊宇的手，说："走。阿姨带你去找妹妹去。妹妹最喜欢跟你玩了。"那些小孩子都跟着一起走。舒怡看了看梁晓，其他家长都没管，她也不好意思跟上去，便使了个眼色让诺薇跟着。

不到两分钟易珺就回来了，坐在桌前拿起筷子又夹了两口菜吃。这时刚才进门时候梁晓跟他打招呼的那个男人走了过来，对着在座的一个女人沉着声气呼呼地说："我先走了。我还要去接新的女佣。"那女人只略带些不耐烦地挥了挥手。等那男人走出了门外，她说："现在好的阿姨真的是不好找。我家女佣刚换，今天要从中介那里接回来，上一个我们还专门请的菲律宾的有经验的，还贵，还是不行。"易珺忙接过去说："哎呀。你从哪家中介所找的阿姨？我家也是刚换的。之前的那个不想在我们家做了，偷钱，还不承认……"在座的几个女人便发出啧啧的声音。他看了一下四周，舒怡已经吃完了，一个人坐在餐厅外面的游泳池旁边看手机。"唉。我妈又开始讲这个了……讲了几百遍了啦。"她的大儿子在不远处的料理台那边说。他本来是拖了张椅子一直坐在料理台那边边吃边和三个中年女人讲话。梁晓每次看到他他都坐在不同的地方，一直在讲着话，听众在变换，有时在谈论政治经济，有时在谈论教育。料理台旁边那三个女人正在问他考试的事情，希望他能传授一点名校的学习经验。易珺就像没听到一样自顾自地继续说下去："这个世界上真正什么人都有。说起来真是生气。她不想做了也就算了，还被我抓到偷钱，抓到偷钱也就算了，还反咬一口说我儿子偷看她洗澡，拿手机拍她。你们说说怎么可能？"那男生站起身来，微微有些驼，一边说着话一边往这边走。易珺继续说下去，"气得我立刻装了一个三百六十度的鱼眼摄像头，最贵的那种。我手机上就可以直接看到家里发生什么事情。现在新来的女佣，只要摄像头拍到，我打算什么都不讲，直接报警。"她胸脯上下起伏着。"好啦。好啦。"坐在她旁边的一个女人拍着她的背说。她平静了一下，说："后来她走了我才发觉我的钱包平时都是乱放的，里面的钱应该零零碎碎丢了不少。都是她偷的！"那男生这时已经走到易珺身旁，看着她说："我叫你不要说嘛你非要说。家里客人来一次你讲一次。讲了自己又生气。反正她已经送走。我听说好多女佣都喜欢这样。诬告。这种就直接送走了就好了，根本没有必要报警。"易珺把散落到前面的头发往后撩了撩，喘着气说："妈妈告诉大家，不是什么的。妈妈就是要告诉大家。妈妈相信你。妈妈相信你不会做这种事情的……"这时有个女人说:"你看看你儿子的手机不就知道了。"易珺说:"我从来不看他手机的。我自己的儿子自己知道。"她转向她的儿子,"妈妈尊重你。你放心。妈妈绝对不会翻看你的手机的。"她大儿子爽朗地笑了起来,"再说了,就算我真的拍了,也肯定删了啊。我还留着干吗。我能干吗?"易珺说:"我前段时间又去上了一个家庭关系和亲子关系的课程。要我尊重我的孩子们,尊重我的先生,尊重我身边的每一个人。爱与尊重。你们听听看讲得多好。"她又转向她儿子,"不要怀疑妈妈对你们的爱。"旁边有个年轻一点的女人笑了起来,说:"你儿子都这么大了……"易珺脸色缓和了一点,说:"看不出来吧?"她抬手用手背轻轻触了触脸颊,有些不好意思地说:"很多人都说看不出来我有这么大的儿子。我生了一堆,腰还是细。这和我平时特别注意饮食运动有关系，我和我先生都特别爱运动……"正在这时易珺的手机响了起来。她拿过手机一看，笑着说，"说曹操曹操到。就跟装了监听器似的。我先生打过来了。"她接了起来，拿着手机对着大家照了一圈，在座的每个人都笑着对着相机里挥手打招呼。他也不得不打个招呼。那边光线暗，那男人微胖，圆脸，背后就是白墙，似乎笑眯眯的。"我的朋友们都在。"易珺一边介绍一边说。"我们在吃美食，谈教育，享受生活……"

他趁着这个空当赶紧走了出来。舒怡还坐在泳池边，正在手机上飞快地打着字，连他走到了身后也不觉得，仿佛是用整个人在手机上打着字一般，一左一右的对话框飞快地上移着。有一个蚊子叮在她的后颈上，渐渐鼓胀起来。过了一会儿，他说："走吗？"舒怡回头看着他，眯了眯眼睛，放下了手机。"俊宇呢？"

顺着楼梯下去就是地下室，这种新盖的别墅通常都喜欢把第一层作为健身房或是影音室，K歌房。从亮的地方到暗的地方，他的眼睛一下子不适应，幽暗中只看见几个房间的门，正犹豫着不知道是哪一间，易珺的大儿子忽然出现在他面前，佝偻着背，嘴角轻微扯着，眼睛往上勾着看着他说："叔叔好。"他没搭理，环顾了一下四周。正对着他的门开了一条极细的缝，里面露出一丝荧光屏闪烁的光，推开了门，房间里也没有开灯，只有电视荧光屏的光，除了俊宇，房间里还有两个女孩，一个女孩大约十四五岁年纪，身材纤瘦，留着和易珺一样的齐耳短发，也戴一副金边小眼镜，另一个和俊宇差不多大。

"走了。"他闷声说。俊宇目不转睛地盯着电视。"梁俊宇！"他骤然提高了声调吼道，那两个女孩吓了一大跳，吃惊地看着他。俊宇这才看见梁晓，只看了他一眼，又转过头去盯着电视了。"梁俊宇，你妈妈说叫你回家。"俊宇指着电视刚想说什么。他皱起眉头，"现在马上回家。"说完了他才想起来，又问："阿姨呢？诺薇怎么没有跟你在一起？"俊宇盯着电视屏幕摇头。他从那影音室里出来，一转头正看到诺薇，神色慌张，正从一扇小门的后面出来，惊疑不定地看着他。"你跑去哪里了？"他不耐烦地斥问。"去厕所……"诺薇说，"厕所门上的锁坏了……""叫俊宇走！"他皱着眉头说，说完便顺着楼梯上去了。

易珺站在料理台旁边正在分发着什么。"这是我们之前去日本旅游带回来的一些蛋糕。小孩子爱吃，闹着非要买。大家都尝尝……都尝尝……不要紧，拿着，拿着，带回去给小孩吃……"舒怡仍然是坐在游泳池旁边看手机。易珺的儿子正坐在餐桌上，挥动着一只胳膊对着几个女人介绍自己上过的名校，"我就不知道大家都挤破头想进名校干什么……名校又怎么样？而且还只是名小学，又不是哈佛剑桥……"他看了正走过的梁晓一眼，礼貌地点点头："再说了,哈佛剑桥又怎么样？"他走到泳池旁，对着皱着眉头在手机上飞快打着字的舒怡说："走吧。你可以走了吗？""俊宇呢？"他环顾四周，诺薇正带着俊宇站在大门口远远看着这边。经过易珺的时候她将手里的塑料袋子递给他。"带回去给小孩吃……以后经常带着小孩过来玩。我这里每个礼拜肯定请一两次客，有时候请两三次，再一起带着孩子过来。啊？"

一路上三个人谁都没说话。俊宇坐在车后面。舒怡一直看着车窗外面。到了家大家分别洗了澡，诺薇也给俊宇洗好了澡，一家三口坐在沙发上等林太太和朋友讲完电话把俊宇带去睡觉。舒怡轻声问俊宇刚才看的什么动画片，好看不好看。他低着头往俊宇腿上的蚊子包上抹药膏。俊宇听见讲刚才的事情，想起刚才那个阿姨给的蛋糕来，闹着说要吃蛋糕。舒怡晚上一般不让俊宇吃甜食，想了想说："刚才可能没吃饱，都没什么菜。不然吃一块蛋糕也好。"她叫诺薇拿蛋糕来，叫了好几声诺薇都没有应。她站起身，正准备去厨房，厨房里面才应了一声。又过了好一会儿，诺薇手里拿着那塑料袋走到客厅，哑着嗓子说："先生，太太，蛋糕过期了，过期两个礼拜了。"舒怡从鼻子里哼的一声笑了出来。他接过塑料袋，奶油卷包装精美，一堆日文中间印着保质期，果然已经过期快两个礼拜了，又拿了一个出来看，也是一样。"丢了吧。"他将袋子递回给诺薇。诺薇接过袋子，却不走开，低着头想了想，又抬起头，一副欲言又止的样子。"有什么就说吧。"他说。诺薇又低下头，看着手里的那些蛋糕，仿佛下定决心一般，抬起头来说："先生，太太，反正是要丢的，我吃掉好了，过期时间不长，不要紧的。"

诺薇的眼皮有些红，她可能刚刚洗完澡，披散着厚厚的天然卷曲的头发，身上和头发上都散发着淡淡椰子油的味道。俊宇听见到嘴的蛋糕不能吃了，便不乐意起来。"有人心果，要吃吗？很甜的。"诺薇哄他，转身去了厨房，过了一会儿拿了一个白盘子出来，盘子上放着几个褐色的看起来有点像奇异果的果子。"这哪里来的？"舒怡问。"外面街边树上摘的。隔壁的玛丽亚借了我钩子。特别甜。"诺薇将盘子递向他和舒怡。舒怡摇了摇头，又对着正要伸手去拿的俊宇摇了摇头。这时正好他岳母从房间出来，看见俊宇正在闹别扭，便让诺薇去拿巧克力，又哄着他去房间里一边看电视一边吃巧克力。那棕色的果肉吃起来很绵软，有一种沙沙的口感，果然特别甜，仿佛浸过冰水的红糖。他没想到家门口的野果居然也能这么可口。

舒怡看着电视忽然问，"你觉不觉得诺薇有问题？"她等了一会儿不见他回答，又说："之前的那家为什么不要她？"那果子里有坚硬的核，核上有尖锐的小倒刺，刺着他的上颚。舒怡等了一会儿见他不说话，说："妈妈也觉得她不太对劲，说要去查一下。"说完便起身上了楼，楼上传来了依稀可闻的钢琴曲。整座房子宛如沉入海底的船舱一般。诺薇的房间里传出来手机放的轻微的音乐声，张学友的广东歌，那时候的白金唱片里的老歌。后院的那只金刚鹦鹉，忽然嘎嘎嘎地不耐烦一般地叫了起来。他推开门，伸展了一下身体，夜里的游泳池波光粼粼，像舒怡手机屏幕上的光亮。水有些凉。他在池壁上轻轻一蹬。那团光亮始终跟随着他。

第二天晚上他有好几个带看，一直忙到很晚才回家。到了家，家里客厅的灯已经关了，俊宇和他岳父岳母已经睡下了。通常这个时候诺薇都会迎出来，问问他要不要喝水或者要不要吃点什么。他站在客厅里等了一会儿。然后慢慢走到厨房，水瓶都是满的，热水壶也是满的，他给自己倒了一杯水。厨房里收拾得干干净净，靠墙摆着洋葱头，土豆头，胡萝卜头生出来的叶子和花。俊宇对家里的那么些盆栽花草视若无睹，却对厨房里这些胡萝卜头芹菜头发出来的嫩芽绿叶兴趣浓厚，每天放学回来都要先到厨房和诺薇一起看一看。女佣的房间里有轻微的窸窸窣窣的声音。一杯水喝完了，他又从厨房走到后院去。那金刚鹦鹉歪着脑袋警惕而疑惑地看了看他。他退了回来，又等了一会儿，听着女佣房里窸窸窣窣的声音，过了一会儿又停了，过了一会儿又响了起来。他慢慢走了过去，里面只剩下床架和柜子，那台小电风扇没有关，转着头吹过来吹过去，地上有一张超市的收据单，吹到它了便会贴着墙发出窸窸窣窣的声音。

舒怡刚刚洗完澡正坐在梳妆台前吹头发，她的头发颜色新染成浅褐色，还带着些微染发剂的味道，看见他进来便关了吹风机说："诺薇走了。我开车送她去的机场。"说完她又开了吹风机，将头发垂下来倒着吹发根，过了一会儿，又关了吹风机，说："妈妈说这些人都靠不住。她说不然不要请了，她自己做也可以。""好。"他说，"也可以。"他坐在床边看着她吹头发，过了一会儿说："也是可以。"

重瓣朱槿

易珺的电话进来的时候大约是早上九点半，他刚送了俊宇去幼儿园，正在开车去公司的路上。车载音响的效果好，隔音又佳，易珺的哭声和喘息声清晰地回响在封闭的车厢里。他愕然地喂了一声。那边哭声更急促起来。"易珺？你没事吧？"哭声更响了，从嗓子里发出啁啁声。他又看了一眼来电号码，"你怎么了？"那边没有回答。"你在哪里？发生了什么事情？"那边深深吸了一口气，似乎试图让自己冷静一点，那口气却又带着哭声喷了出来。他把音量关小，"你慢慢说。不要紧的。慢慢说。""我……我在上次我们走路的那个公园……你记得吗？刘太太也在的那次。"易珺的口齿清晰起来，"你能来一下吗？拜托了……这次真的是需要你的帮忙。"他一边将车开进公司的停车场一边问："脚扭了？摔倒了？你需要我帮你叫救护车吗？""不！不是这样的！电话里真的没办法说清楚，你来一下！"他在一个空着的停车位前面停下了车子，犹豫着。"你到底怎么了？你不说。我怎么帮你？"那边连着喘了好几口气，然后说："我……我也不知道。我差点被……差点被人……可能也不是……""差点被什么？""刚才有个男人……一直跟着我……""是你认识的吗？你需要我帮你报警吗？""不要。不要报警！"那边厉声说，然后又拖着哭腔说，"我不认识他，我没有见过他，你能来一下吗，拜托了梁晓……"

森林上空乌云密布。他从车后备箱里拿了一把雨伞，按照易珺发的定位往树林里的健行步道走去。走了大约十分钟就看到易珺了。她穿着桃红色的鸡心领运动快干衣，黑色紧身弹力裤，腰间一个俏皮的茶色小腰包，头发披散到前面来。"你怎么了？"易珺抬起头，说："你有蚊子药水吗？"他摇摇头。她皱起眉，焦虑而认真地伸出舌头在食指上舔了点口水，涂抹在左胳膊上。"到底怎么了？""实在对不起。打扰你了。"她说，"刚才有个男人一直跟在我后面。我走快他就走快，我走慢他就走慢……前后左右总也碰不到其他人……报纸上又经常有单身女人运动时被强奸的新闻……"虽然觉得有点啼笑皆非，但他还是谨慎地环顾了一下四周。一对穿着运动衣的一男一女正快步从亭子前走过。"刚才这边半天也没有来一个人……""你能走吗？你的车停在停车场是吗？"天地猛然一亮，一道漂亮的闪电在树顶上的黑云中枝枝杈杈地绽开来，然后一声闷雷，扑落落地落下又大又密集的雨点来。"这……等雨小一点吧……"易珺说。一下雨这林子里便凉快了下来，又是一阵雷声滚过。"这雨应该很快就会小了。我有伞。等小一点我们就走。"她没说话。亭子旁边是一大丛姿态招摇的重瓣朱槿，锯齿绿叶之中一朵朵红花在雨中吐着花信子。雨裹着花香往亭子里面淅，他坐的靠外面，雾一样的水珠儿凉爽地扑落在他身上。

她再一次道歉，然后开始讲她孩子的事情，先讲刘太太觉得房子买的很满意，地点又好，又讲她的二女儿的补习班，小女儿的兴趣班，然后讲到她儿子身上，讲了没几句又再说到女佣，手机直伸到他面前。"现在装了摄像头，什么都可以看得清清楚楚，在外面也能看到。你看，现在就可以看。"说完凑近了一点，点开一个APP。"两个女佣本来是睡二楼的房间的。两个人又闹，非不要住一个房间。一个一定要睡楼下。我也没多想，她愿意睡楼下就睡楼下吧。结果发现晚上她会放她男朋友进来。偶尔一次两次。半夜偷偷摸摸从窗户里进来，两个人就在摄像头底下……做完了就离开。她知道我们晚上都睡了绝不会下楼的。"易珺笑了起来。"但她再想不到是摄像头，可能以为是不亮的灯。我告诉她那是红外空气消毒器。"易珺见他没看她手机，手收了回去，"结果怀孕了，前天我刚买了机票把她送走。你说怎么那么不小心呢……"雨小了一点，他拿出手机看了看，"可以走了吧？"就在他起身的时候她的脸贴了上来，发根里全是细密的汗，身上脸上都是热，金边眼镜架冰凉地挤在他脸上。"对不起……对不起……你看你身上都湿了……衬衣都湿了……这半边……对不起……"

雨像要停了一般，淅淅沥沥若有似无，他把伞给了她，自己走在旁边，越走越快。下过雨之后那泥巴步道泥泞湿滑，他穿着皮鞋，走得又快，偶尔脚下一滑，身体微微失去平衡，每次他脚下一滑，她就看看他，又看看他。

那个神秘电话打进来的时候他和另外一个中介正一起带着两个客人在展销室看新开盘的楼盘，拿着激光笔指点着不同门栋不同楼层可供选择的三房单位，电话在裤袋里振动了起来，他还来不及接，裤袋里的震动就停了。因为面前有客人，所以他没有去看。等到跟客人介绍泳池健身房设施的时候，电话又振动了起来。这次振动的时间长，他说了一声抱歉，从口袋里拿出了电话，是不认识的手机号码，他接了起来，那边却没有说话。他又再说了句你好，那边还是没有说话，他便把电话挂了。这两个客人感兴趣的是一百三十平方米左右的四室两厅，设计巧妙的样板房在视觉上扩大了室内的面积，另外一个中介尽量介绍着豪华的精装修，开发商配备的厨具品牌等，两个客人埋怨阳台太大了，那中介说如果像你们这样要买比较高的楼层的话，看出去是可以看到地铁站的。这时电话又振动了起来，他拿出电话，还是那个号码，他迅速接了起来，那边还是没有说话，他能听到那边隐约的汽车声和风声，他等了一会儿，然后把电话挂了。他的搭档强调着这个楼盘优越的地点，虽然广告上写的是邻近地铁站，其实只要五分钟到十分钟就可以走到，大型的购物中心，电影院，超市等。"十分钟？走不到吧……"那看房的女人小声嘀咕。"我走路快。"他的搭档笑着说。他的电话又再短促地振动了两下，他没有去管它。看完了样板房，客人又问了些贷款方面的问题，然后便离开了。

他看了一下手表，下一个客人约的时间到了，但是还没有打给他，应该是还没到。他拿出手机看了一下，有一个新消息，发送人是刚才打过来的那个号码。照片里是刷得雪白的墙壁和墙上孤零零的射灯，米白色的空调的一角露在照片的上部，她在靠近照片底部的左下角，像是一个无意中被拍入镜头的物件一般，闭着眼睛睡在床上，头发是新染的浅褐色，因为朝一侧躺着，右边的脸和乳房看起来都比左边大一点。除了那墙壁和射灯，还有那床上白色的床单被罩枕头都应该是酒店的。远处另一边的床头柜上放着一部黑色的电话，一株淡紫色的蝴蝶兰栽种在白瓷圆花盆里，那花盆很别致，看起来像一颗巨大的围棋棋子。她头顶的墙壁上挂着一幅抽象画，颜色灰暗，画的像是荷花叶子的一角。

他看了一眼便将电话收了起来。星期天看房的人特别多，又是开盘的第二天。他一抬眼看到他的客人，正在四顾看着。他从旁边的桌子上拿了两瓶矿泉水迎了上去，又让另一个中介拿宣传册过来，刚才说过的话他又再重新说了一遍——健身房，地下停车场，游泳池，关键是地点优越，五分钟步行到地铁站……

等约好的三批客人看完了楼盘，他和那个中介聊了一会儿才离开。他的车停在附近的露天停车场，停车场旁边有两棵高大的印度紫檀，一树金黄色的繁花正盛。车子被晒得滚烫，连车里面的空气都是烫的，关上车门，呼吸时鼻腔有着轻微的刺痛感。他拿出手机又看了一次，车里的高温使得他有一种窒息感，他按下了转发键，在联系人中选取了舒怡的名字，点击了发送，发动了车子，打开了车窗，外面的风灌了进来，将车里积攒的热气带了出去，那些细碎的一厘米左右大小的小黄花忽然像雨一样从车窗前和车盖上飘了过去。他把车开出停车场的时候，电话响了起来。他接起电话，轻声说："怎么啦？"

易珺家的宴请日益频繁，渐渐成了本地一部分中国人聚会的一个固定场所。通过他介绍的中介公司，她新换了三个女佣，同时帮着她伺候客人。她在朋友圈里频频发食物的照片，她和客人们喜笑颜开的照片，她摆放在客厅里的鲜花，院子里在她精心照料下长大的蔬果。滤镜里她显得容光焕发，滤镜外她也显得很开心，频频介绍需要卖买房子的人给他。她自己正在租的房子也交给了他，热情过了头，就变得有点儿聒噪雀跃，她总是努力做出享受的样子，这努力却总是显得有点尴尬，为了掩饰尴尬，她又总是滔滔不绝地讲着，讲她的孩子，她的先生……小孩子太过于敏感，常常喜欢哭，大儿子是这样，两个女儿也是这样，可能还是因为爸爸长期不在家的缘故，这么多年下来儿子渐渐有了偏阴柔的性格，话多……不过倒是很有责任心的一个男孩子。她也会讲她老公——对人很好，真是个好人，所以朋友多，路子广，以前体制内就很有办法，后来下了海，以前的关系都还在。"你不知道他对员工有多好。"她说，"有些朋友嫉妒我们，说一些很恶毒的话，说什么他和哪个明星有关系啦，又说他在外面有女朋友啦。其实这些都是不存在的事情。我自己的老公我自己知道。外面的人心眼坏，乱说的。我老公常常跟我说，财入德家之门，我们做好自己，低调一些就好了……我是不怕的。我跟我先生说……"她露齿一笑，"如果他真的在外面有了人，我就带着孩子们跳楼。他不敢的。"又讲她的朋友，她以前在国内的工作，孩子们的补习老师，她去上的亲子关系教育课，日常生活中琐碎的小事，连补牙这样的事都细细告诉他，在哪里补的，本地最有名的牙医，但是却没有补好，还发炎了……

只有在床上的时候她才会关上嘴巴，不讲话的时候她就手足无措起来。第一次和她做爱时他有一种她仍然还在那边讲着什么的错觉，其实她只不过是在配合着发出呻吟声。她有几套空着的房子，买下来投资，一直租出去，最近行情不好，其中两套已经空了半年，有一间地点隐蔽位于小路上的酒店式小公寓，在顶楼，连窗帘也没有挂，落地窗旁边就是床，躺在床上看着外面像是躺在半空中。之前的租客是个做金融的澳大利亚人，她说那人经常带不同的女人回来，听说在这方面是很厉害的。她本来想等找到了租客再请人彻底打扫。房间里面到处都还有着之前那人的痕迹——小块的用剩下的香皂，橡皮筋，廉价的黑色塑料发抓，润滑液，空的香水瓶，两三张色情光碟，印着酒店 Logo 的圆珠笔，几张银行业务员和房产中介的名片……

易珺的身形和舒怡有几分相像，都属于瘦小扁平，腰身窄乳房小的。在床上的时候有一点像结婚前的舒怡，带着那么一点点曲意逢迎的意味。但她总是闭着眼睛，显得拘谨而慌乱，所做的一切都仿佛要完成一件事情，而且要完成到位一般。虽然不再说话，但是她从头到尾都会发出声音，因为太久没有做爱，他很快就射了精，她几乎同时也配合着放大了声音。在他射精之后她躺在那里微微喘息，脸上有着满足的神态。他的呼吸平稳了，没忍住，问，"你有吗？"她愣了愣，安静了几秒钟，略带点抱歉地说，"可能……没有……没有过……我……放松不了……我怀疑我没有……生了三个小孩而没有过……唯一一次以前在国内问过医生，医生说这也正常……都正常。"说完她迅速开了一个新的关于家里房子装修的话题，然后很快又转到了尘螨吸尘器和碱性水。琐碎的话题像蚁群一样涌来。他打断了她，催着她离开。两个人各自开了各自的车，在开出公寓的地下停车场时，他又觉得有点对不起她。

她很快就约第二次。他长时间的抚摸她，她渐渐慌乱起来，刚要发出声音，他用手掌根轻轻顶在她的下巴上，将无名指和小指塞在她嘴里，一边克制着自己一边引导着她。过了好一会儿她才真正慌乱起来，呜呜咽咽的，转瞬即逝。等下了床，她又是她了。这次他又觉得有点对不起自己，催着她离开。这城市里像这样情况的男女一般都做些什么呢？他一边开车一边想，找个隐蔽一些环境也不差的餐厅吃饭？到酒店开房？一起看场电影？也不过如此了吧？他想不出来还有别的什么花样了。或者听演奏会？比看电影要好，像同事一样，像朋友一样，她应该是喜欢的，和他听了那么多次，从来没有叫过他。她再约他，他便有些不愿意了，那边也没有不开心，还是愉快地发着照片发着朋友圈，偶尔找他聊聊，像关系密切的可以互相信赖的朋友一样。他总觉得她是有些一厢情愿的，这种家庭妇女，但又觉得或许是他一厢情愿也不一定。

　　空着的两套房子租出去了一套。租房合同他需要她签字，易珺说约在外面，他想了想说他拿去她家给她签拿好了，她说也好，反正正好晚上请客。他专门安排在她傍晚请客吃饭的时间过去。到了她家，他不愿意进去，在泳池旁的一张空椅子上坐着等，让她拿出来给他。一家人拿着大包小包从大门进来，女的一只手牵着个五六岁的男孩，另一只手上提着个装着几个餐盒的透明塑料袋，后面跟着个男人，一只手里也提着餐盒，另一只手里拿了一瓶酒，三个人穿得非常正式，连小孩子都穿了有领结的礼服，饶有兴味地一边打量着这房子一边往里走，那女人将打量房子的眼睛抽出来上下打量了他一眼，跟在后面的男人对他点头笑笑。他没搭理，皱着眉头低下头去看手里的手机。关于那张照片，舒怡始终没有任何的回复或说明，他甚至怀疑她是不是根本没有收到那个消息。那个号码也再没有任何动静了。那张照片像是在手机与手机的传输之间出了错，尚未定型的照片在暗房里意外地暴露在强光下一般成为一片空白，连个影子都没有。这时手机响了起来。他吓了一跳，定睛一看是不认识的号码。他接了起来。

"先生！"那边声音特别大，几乎是提高了嗓门冲着电话里喊。他把手机拿离开了耳朵，又看了看那号码。"先生！"他又把手机放到耳边。"我是诺薇啊先生！""诺薇？""先生。你好吗？"他没有说话。"先生。我找到新的雇主了。在香港。先生。当时我害怕，吓死了，走得急，没能跟你说。我的照片，玛丽亚给我看了我的照片，网站上，弄花了脸弄花了周围，但能看出是我的身体。我还是害怕，怕有麻烦，怕中介知道。我们这样的人有这样的事情，没有人会相信我们的……中介也怕麻烦，万一传回到这边来……再也找不到工作了。"他没反应过来。"先生。你请新的女佣吗？如果请了，千万不要带她去那个太太家。"那边的信号不好，旁边又吵闹，开始咕啦咕啦的断断续续。"我们出来工作不容易，很怕有麻烦。很怕……没有人会相信我们……我……之前我不敢讲……先生，现在好了，我又有工作了……"

他听着那断断续续的声音，不知道说什么。那边一连声地说，"先生，你是个好人。上帝保佑你。"说完了电话里就没有声音了，也不知道是电话断了还是那边挂了。他刚要再打回去的时候有人叫他。易珺满面春风地从大门出来。"你怎么坐在这里啊？"她亲切地拉了一下他的手臂把他往里面带。"来来来，进来。我来给你介绍，这是我先生。"他刚被她拉着站起身来就和从里面出来的男人打了个照面。那男人个子不高，看起来年纪不大，满面红光，面部线条圆而柔和，保养得很好的样子，笑容可掬，谦逊有礼。"你好你好。"那男人伸出手。易珺脸上挂着微笑，她穿着一件类似于蝙蝠衫的黑色的棉 T 恤，半旧略为有些变形的牛仔裤，光着脚，他第一次注意到她的脚，脚上的骨头和关节大而突出，第二个指头特别长，脚趾外翻。"您是？"那男人笑着问。"这就是我跟你说过的金牌中介。"易珺一边说一边将手搭在她老公的肩膀上，然后又笑眯眯地抬起那只手怜惜地拨了拨她老公额头上的头发。"随便坐。随便坐。"她老公说，说完又去招呼其他客人。这时正好有刚进来的人，从后面拍了易珺一下，易珺吓了一跳，忙回头看，两个女人哎呀呀哈哈哈地笑了起来。易珺慌忙给他介绍，"你想不到吧，俊宇同学的妈妈呀。"易珺笑着说，"你看这圈子多么小。你儿子的两个同学的妈妈居然都是我的朋友。来来来，进来拿吃的。文件我马上签了给你。进来吧。进来吧。"她见他很勉强的样子，笑着伸手拉了一下他的手臂。"进来吧。今天你就别想走了。"

他没有拿吃的，只拿了个杯子装了点可乐，靠墙站着，一边等着易珺拿文件给他一边陪着那两个妈妈聊俊宇幼儿园里的事情。"公寓是你在帮忙租？"易珺的老公忽然出现。他往后退了一步，捏着可乐杯子没有回答。"空了这么久没有租出去？"他刚要说什么。他看着他严肃地说："还是快点租出去比较好。"说完就走开了。他盯着杯子里的可乐看了一会儿，晃动的褐色的液体让他有点头晕。"来！我给你介绍！"易珺不知道什么时候拉着一个女人走到他身旁，虚虚地伸了伸手拦了下他，"我来给你介绍，我的好朋友麦原。今天的菜都是她提供的。"她看着那女人笑了笑。"可就是不便宜。"那女人穿着露肩膀的白底有红色波点的连衣裙，及肩的头发烫成大卷散乱随意地系在脑后，卷曲的碎头发掉得到处都是，左一个圈右一个圈随着她脑袋的摆动而晃动，仿佛是头发上挂下来的装饰一般，涂着鲜红的口红，气定神闲的任由易珺向大家介绍她。"有名片吗？"一个妈妈模样的女人艳羡地问。她神出鬼没地摸出两张名片来，顺手给了他一张。她有一种和周围格格不入的气质，梁晓仿佛看着自己的倒影，这些年他也觉得自己格格不入，不知道怎么的，就是格格不入，他先是用尽力气塞进这格格不入里，然后又费劲心思想掩盖这格格不入。她却丝毫不在乎。他在水底看着自己的倒影。倒影晃了一下，易珺又爱又恨一般伸手想要在她脸上捏一把。麦原歪歪头躲开了。

　　她并不和她们聊天，只是在厨房岛台前照看着她带来的食物，面前放着一个纸杯，手里拿着一个长餐夹，坐在高脚凳上一下子慢慢转到左边一下子又慢慢转到右边。易珺的儿子也坐在岛台旁，一只手里拿着一袋薯片，另一只手快速地伸进去然后把薯片拿出来塞进嘴里，嘴里一边呱哧呱哧地嚼着一边高声地和另外两个女人说："这位阿姨的看法就不对了，现在这个世界已经不是这么回事了。教育也分为很多种，不成功的教育也是教育。"他挺直了身子看向麦原微笑着说："你说是吗？"麦原没理他，将高脚凳转向了另一边。

他是最后一个走过来拿食物的，岛台上的食物都被拿得差不多了。"贻贝还可以。"她说。他夹了两个贻贝，又舀了一点炒饭，慢慢伸手去拿可乐。"你……不吃吗？""也好。"她从高脚凳上下来，伸手在铝箔餐盒里拿了一个贻贝，直接用手剥开贻贝的壳，剥出里面的肉放进嘴里。"你……还要可乐吗？"他问。"不了。"她伸出手指擦了擦嘴角。他局促地往杯子里慢慢地倒了一点可乐，觉得自己现在的样子倒可能很像易珺。这个红色带白波点的自己是定的，自如的，无谓正反，无谓对错，自成一体的。他忽然想起多年前那个大提琴手的样子，一切到这里都正当化了。这么几年来，他第一次觉得有那么一点理解了舒怡。她又伸出手拿了一个贻贝，对着他笑笑。

东西被吃得差不多了，她喝完了面前的那杯酒，站起身来四下扭头寻找着易珺，等她看到易珺，便对着她挥挥手，易珺笑容满面地对她挥了挥手，然后把手举到耳边做了一个打电话的手势。他也一起往外走。易珺走过来惊讶地说："我文件还没签呢。"麦原没说话，只径直往外走去，他也没说话，只看了易珺一眼，转身走了出去。她开一辆有些旧的红色奥迪敞篷跑车。"我男朋友的车。"她仿佛说明解释一般，一边掏出车钥匙一边看着他说。他低了低头，没有说话。

回家的路上他的手机响了，按掉之后很快又再响了起来。他又再按掉。电话第三次响起来的时候，他没有去管，任由它一遍又一遍响着。等停好了车他并没有进家门，而是走出了大门，站在路边。正是芒果成熟的季节，这条小马路的两边掉着许多芒果，青皮被摔裂了，鲜黄的肉露了出来，芒果味太浓了，有些腐烂，涌动着馥郁的肉腥味。现在连那味道也合理了。他看着地上，忽然耳边一阵劈劈啪啪声，几个大大小小的芒果一个接一个地掉落下来，掉落在他的四周。

荷

　　这间精品古董酒店并不难找，和其他的老店屋毗邻

而立，适当的翻新和精心的维护使得这些将近一百年历

史的老房子还显得很新，少数的外墙是纯白色，大部分

被刷成了靛青，淡粉，浅蓝，鹅黄……墙上刻着松、竹、

梅的图案，还有龙和麒麟，也有希腊罗马式的柱头和拱圈，

盾牌和勋章。酒店正面是关着的木质百叶窗。过了接待

处往里面的楼梯走，就可以看见一个别致的小天井，天

井里放着两张茶几，四张椅子，做成了小型的庭院，天

井两旁的墙上整齐的铺排着一盆一盆的万年青，黛粉叶，

龙血树，黄金葛，一格一格铺放着，攀到二楼就停住了，

再往上是三楼的窗户，再继续往上便是一方湛蓝的天空

和两小朵胖鼓鼓的白云。位于三楼的房间不大，但是设计的别具匠心，桌子，行李架，衣柜都是紧密地镶嵌在墙上，床头柜上放着一部黑色的电话和一个深蓝色的釉彩圆花盆，里面栽种着一株淡紫色的胡姬花。靠床头的墙壁上挂着一幅抽象油画，层层叠叠的黑灰色色调涂抹出来的荷花和池水。他头上就是那幅荷花，暗色的池塘在周围荡漾开来，深深浅浅的阴影明暗地晃动着，笔触深的是花茎，浅而半透明的是露珠，他能听到一尾尾鱼游过的声音。他觉得如此紧张又如此放松，既要努力又知道努力没有任何意义，仿佛一切都不会终止，一切都是理所应当。外面的雨下进来了，打在荷花上，打在鱼池里，打在她身上。

她面朝外躺着，没有开灯，窗户外面是老式的红瓦屋顶，她喜欢外面的光浸进来的感觉，只拉了一半的窗帘，雨下大了，大而急的雨点打在遮挡了半边天空的砖红色的屋顶瓦块上，他躺在枕头上越过她看出去，散乱的发卷，柔美的肩头，圆润的乳房外面是泛着雨点的瓦片。那雨愈加下得急了，老房子隔音差，雨浸到了房间里，对准他下着，他像一棵久旱的植物一般舒展开来，又再变得饱满。又过了一会儿，雨渐渐小了。他看见床头那株栽种在扁圆的白瓷花盆里的淡紫色的蝴蝶兰。现实又回来了。

到了餐厅雨还是下得很大。他选了个四川馆子，油腻辛辣。他不擅长选餐厅，网上看评分很高就定了位置，没想到是个老馆子，装修陈旧，坐在卡座里听到外面扑扑落落的雨声，那晚又接了旅行团，非常吵闹。他便不知道讲什么，又不习惯于提高声音讲话。上来的食物也很一般，不知道是厨子忙不过来了还是一向就做得不好，几道菜都显得潦草，吃在嘴里味道也马虎。麦原还是一副无所谓的样子。和易珺完全相反，她不爱讲话，倒是他忍不住不断问问题，借着雨声盖住点儿，大着胆子打探。"自由职业，有工作就做，没有工作就不做，他脾气不太好，所以不怎么打得开局面。年纪大了。更不好做。"她脸上没有什么太多表情。"怎么认识的？""上海有个时尚品牌做活动，那时我做策划。"那些旅行团的人高声喧哗谈论着，互相给彼此拍照。笑声让他觉得非常刺耳。"对不起。选了这样的一个餐厅。我也不知道……下次我找一间好一点的西餐厅。"

对于打开新的话题，他一向拙劣，但从来没有这样努力过。"怎么会想到做送餐？""想和以前有个彻底的决裂。做吃的比较好。没那么伤人。"那些游客说话声音更大了，多数游客已经吃完了饭，起劲地挑选评论着手机里的照片，互相发着，又讨论着接下来的行程。他低头看着面前的饭菜。她难得主动开口，"送餐就是为了赚点钱。他收入不稳定，性格倔强。工作也不太好找，我也不想做回以前那些东西。本来是想有个彻底的决断和改变。"她沉默了一会儿又说："彻底的决断和改变之后也有讨厌的东西啊。那些太太们……"她带着一点无奈的笑容说，"那些幸福的太太们，仿佛性这件事不存在的太太们，没完没了的给我发照片发朋友圈，加了滤镜没加滤镜的，都是没完没了的幸福，没完没了的健康积极，没完没了的正能量，实在是让人厌烦……"说到这里旅行团呼啦啦站起来在导游的带领下往外走，从他们身边经过，好几个人往他们桌上看，又往他们身上看。他只是不抬头。等他们出去了餐厅像被人切去了一大块。他们两个被安排在餐厅的角落，身旁的墙角里堆着国内运过来的凉茶啤酒等饮料。两个人这时候倒又不说话了。雨声更响了。那些游客出去的时候大开着大门，外面的雨味吹了进来，这陈旧失修的餐厅像被吹得转换了时空地点。他不知道转到哪里去了，连对面的她也是面目模糊。他心里起了依恋，不知道是对这雨，对自己，对对面的那个人，还是对这间散发着陈旧气味的川菜馆……他什么都不知道，只觉得这一刻感觉是真好。

他忽然想起这许多年没有读的那一本本诗集来，书房里的柜子，他再也没有开过，他带过来的那些本，没带过来的那些本，此时他能够想起每一本的封面装帧，但是却想不起来一首诗。

他热热切切地安排设计要做的事情——去哪一间酒店，去哪里吃饭，去做什么……问了麦原的时间然后细细地安排，精心设计每一次的约会，渐渐在各方面都占了主导。麦原是那种凡事都持无所谓态度。有时候他问多了,她就回答说"怎么的都比以前好"。他恨不得填满她,再让她填满自己。他拉她去听钢琴演奏会,落座之后他环顾四周,听了上半场,灯火通明的时候他又四下看着,所以上次在泳池那次是吵翻了吗。他想着,说不上是高兴还是失望,或是什么别的感觉,下半场的时候他不再看台上,低着头看着摊在膝盖上的曲目单,原来这首曲子是肖邦的降 E 大调《平静的行板与华丽的大波兰舞曲》,他终于想起来这首曲子可能曾在他的婚礼上演奏过,但又不能确定。这些钢琴曲对他来说都有点像。当时的曲子是舒怡和钢琴老师一起定的,他记得她曾经拿着曲目来问过他,他回答说都可以。他记得她当时只是微笑。钢琴家出来谢幕的时候全场都在鼓掌,还特别安排了他的儿子上台。他掌鼓得特别大声。

他早上送了俊宇，开着车一出来就看见易珺的卡宴停在幼儿园大门外的路边，他的电话又响了起来。他只有将车靠边停了下来。易珺拖着哭腔的声音再一次拍打在车内。"这真是我遇见过的最恶心的事情！最恶心的事情！"她提高了声音，"你和麦原。我就跟吃了一个苍蝇一样恶心。"他只是不说话，两个人的车面对面停着。她戴着墨镜，车内遮阳板挡住了她的额头，他看不清她的脸，但是能看到她坐在车里僵直着的身体。"为什么？"她说。他知道自己一时半会走不了。"你们……"她哭了起来。哭了几声之后她说："财入德家之门。你们这样做，就不怕穷一辈子？"她喘息了几声，又继续哭着说："我先生是个好人啊，我只觉得对不起他。他真的是个特别好的人啊。你说话啊……"电话里沉默了一会儿。"你是不是觉得我不好看？你知道的。我从不在意穿衣打扮这些，我先生常常跟我说，我们得到的东西已经够多了，拥有的东西已经够多了，人要知足低调，不能招摇。我以为你和他们不一样……上周我的一个朋友在我家的时候才跟我说，我这个年纪，不应该有执念，愈淡薄，愈纯真，反而愈耐人寻味，愈深刻……梁晓，我总以为你是深刻的，你和他们不一样是吗……"他把电话挂了。那边迅速又再打过来，他没有接。刺耳的鸣笛声响彻幼儿园。他不得不接起了电话。"你知道我刚刚认识你的时候，别人就跟我说了不要和你有什么来往。你知道外面别人说你什么吗？"他对着电话苦笑了一下，"说我什么？""别人说……别人说你的儿子不是你亲生的。"他松了一口气，倒真没想到说的居然是这个。"这传言应该在坊间已经流传了一段时间了。"她说。"你想知道是谁说的吗？""我不想。"说完他挂了电话，发动了车子，从她旁边绕了过去。家里铁门大开着，他把车子直接开了进去。他岳母正拉开车门，轻巧而娴熟地上了舒怡的车，转动方向盘，看也不看他，从他的车旁边飞快地将车子倒了出去。他走进家门，家里一片阴凉，一只小蜥蜴也跟着他一起进了大门，它仿佛被太阳晒昏了头，趴在地板上一动不动，小脑袋警醒地微微抬起，带着点疑惑地注视着四周。他抬头茫然地环顾了一下四周，家里一片死寂，舒怡也不知道在哪里。他低头朝着地板上看去，那蜥蜴已经不见了。

向日葵

沿海一带的房子大多盖得像度假村一样，掩隐在郁郁葱葱的热带树木中，远一点就是海，地点偏远，价格相对便宜。这一套红砖房公寓十分老旧，因此更是便宜，屋主说可租可卖。他第一次为自己看房子，老房子房型正，厨房大，从厨房的窗户看出去，绿叶之中可以看到一点点蓝色的大海，在阳光下闪烁着，给人一种暑假刚刚开始的感觉。他自己攒的那一点钱再加上每个月的收入，租应该是没问题。他更希望能够买下来，毕竟租给人的感觉总是暂时的。他想找个时间让麦原一起来看一下。

其实他也不奢望什么。他在脑海里对她的男朋友已经形成了一个具体的印象——一个偏胖的男人，因为麦原曾经说他太爱吃又管不住嘴，因此瘦不下来，说不定正经历着中年危机，执拗懒惰，不知道如何与外界相处……他难得主动联系梁夕，对自己的弟弟不用客气，他让他再多介绍些客户。"我现在需要钱。"他说。梁夕在电话那边沉默了一会儿，"国内现在抓贪腐抓得很严，上次介绍给你的那个易珺，不知道她后来介绍人给你没有？她先生最近也被清算了……现在国外也不是庇护所了，听说易珺回国也不是，待在国外也不是……现在和以前不一样了……什么时候再带着老婆孩子回来看看吧？"等了一会儿没等到他回答，那边又说，"哥。什么时候回来看看吧……都是一家人……"

除了每天接送俊宇，他在家的时间越来越少。麦原没空，他就带客人看房子。舒怡不再找他，家里有什么事也是他岳母打过来。易珺打过很多电话给他，他一个都没有理。夜里回到家舒怡要么不在家要么已经睡下了，他洗漱之后在床边躺下，静静听着空调吹风的声音，空调有些老旧了，每过个几分钟就会咻的一声，听上去像一个人叹了一口长气，又像是秋冬天外面的风声。他不知道这寂静的夜里舒怡是不是也在听着这声音。

诺薇走后，家里没再请女佣，他岳母包揽了所有的家务，不管他多晚到家，她总是在的，有时候在客厅里一边擦拭着什么一边看电视，有时候在厨房里一边洗东西一边讲电话。她会花点时间专门跟他讲一下俊宇的事情——学校里发生了什么事，说了什么好笑的话，拿俊宇在幼儿园做的手工画让他看有没有进步……汇报般的一样一样说给他听。俊宇养成了一个新的习惯，到了学校，进了教室后总要对着他摆摆手，然后就看着他，一定非要等到他也摆摆手，俊宇才去放下书包。如果他不挥手，他就那样斜肩拖着书包等着。他越长越像他了，脸型眼睛都和他一样，那神情也像他。他有时候简直怕看他。

舒怡还是一样的略微有点淡漠，这淡漠里又新加了些疲倦，偶尔和他讲话的时候声音轻而细，像是怕吵醒了什么人似的。她从来没有邀请他参加过任何她的活动，这天却非常坚持，说一定要合家出席她老板的婚礼。她显得微微有点兴奋，一家人坐在一起吃晚餐时居然讲了许多话，说她老板比她大十来岁，一直很护着她，以前是大型传媒公司里的总监，后来自己出来单干，一个女人每天晚上工作到十二点多一点，回家洗个澡睡个觉一大早又出现在公司里。"简直像住在公司里了一样。"她拢着肩笑着说。本来大家都以为她不会找男朋友了，想不到她非但找了，而且居然是娱乐圈里的艺人，虽然不怎么红，但终归是明星，台前面的。"我老板难得结婚，所有同事都去，你也一定要去。"他觉得她这话讲的怪，但也没说什么，只说那就去好了。

婚礼本身就是舒怡公司策划的，场面盛大华丽，入座前的酒会上就有明星和记者的面孔。"这样谁也不用嫌谁忙。大家都忙。哈哈哈。"舒怡的老板在婚宴外面接待大家的时候朗声说。当他们一家人走上前祝福恭喜的时候，她看着他笑着说，"原来你就是舒怡的先生啊。她把你藏宝贝一样藏着。有的同事还以为她是单身。哈哈哈。这么英俊潇洒啊。英俊。"那女人一副掌控一切的做派，用手用力地拍着他的肩膀。

新人入场时用了大量的各种颜色的玫瑰花，灯光，干冰，特效，配上音乐营造出了如梦如幻的场景，新郎到底是明星，不太红，三十多岁还有点怯生生的样子，像是刚出道的新人似的，这样的神态套在这样的年纪上显得有些别扭，但胜在帅气有型，仿佛从婚纱杂志上走下来一般。新娘走路的步子稍微大了一点，又慢下来配合新郎。席间传出轻微的笑声。他是在这个时候看见她的，穿着 V 胸的湖蓝色吊带裙，那鬈发仿佛刚卷过，特别蓬松凌乱，用湖蓝色的缎带松松地系了起来，正仰着脸，双手放在下巴下方，脸上含着笑，食指和中指顶在下巴上像是随时准备鼓掌的样子。那男人坐在她右侧，左臂自然而亲密地搭在她裸露出来的肩膀上。等鼓了掌，她朝他的方向看过来，愣了一下，又看了看舒怡，把头转开了，微笑着盯着台上的新人看。新郎的演说配着音乐，和两个人从小到大，相识，约会时的照片投影。在座的女人开始吸鼻子，擦眼泪。舒怡也笑着吸了吸鼻子。他居然还能拿起桌上的纸巾递过去。

那男人的手始终不离开她的身体——肩头，胳膊，腰，偶尔碰触脸颊……就连吃东西的时候手也要伸出来交互搭在她的大腿上。上主食的时候两个人手牵着手一起走到旁边那桌站着和人讲笑。他留着精心修剪过的小胡子，头发全部向后梳去，微微泛着发胶的光泽，脸型紧实鲜明，和身上的肌肉一样，即使是穿着西装，也能看见锻炼过的线条。两个人脸上都带着笑，手牵着手站在那里，她的身体靠在一张椅子的椅背上，和另一桌的一对夫妻讲着什么。"他们都是明星。"一个坐在他斜对面的男人说，表情揶揄，语气略似埋怨，笑着对他说，"都是明星。今天来了好多明星。""哦。是吗？"他说，"我都不认识。我很少看电视。"另一个女人放下筷子说，"今天来的不是明星就是模特。""是我孤陋寡闻了。都有谁啊？"那女人笑着转过身子看着其他桌，介绍景点般一个一个讲着。

婚礼结束的时候他和她又再一起排队上前给新人送上祝福。到家俊宇已经和林太太睡了。他一个多月前搬到了楼下的客房。他躺在床上慢慢地翻看着手机，一个名字一个名字搜着，平静地等待着，一直等到四点，只有后院里的鹦鹉不断的发出轻微的咕咕声。再等到天朦胧亮起来了，那鹦鹉倒安静了。

舒怡转换成了类似于兼职的形式，按小时算钱，每周提前三天回家接俊宇放学。他不用再每天赶着回来接孩子，却倒常常在家吃晚餐了，吃过晚餐就陪着俊宇玩。现在舒怡每天晚上带着俊宇睡。一开始俊宇不愿意，闹着要阿嬷，祖孙三人一起挤着睡了两个礼拜，且又答应每天睡觉前看两集卡通片，俊宇才肯了。林太太最近要么在房间里讲电话，要么不在家，一直到俊宇睡了才回来。这些年主要都是她在带孩子，他陪俊宇玩的少，现在忽然相处的时间变多了，他也不知道应该讲什么玩什么，俊宇已经快要幼儿园毕业了，他无法再像逗弄婴孩儿那样逗弄他了，只有看着他玩。俊宇喜欢玩乐高，以前玩大块的，现在换成了小片小片的，小手指灵活的动着。他便陪着他慢慢拼，一边拼一边问他学校的情况。俊宇一概是回答没什么。他又问他毕业典礼的表演。讲到这个俊宇倒是很兴奋，放下手中的积木，连比画带描述地形容着他们要表演的节目。"你演什么？""本来老师让我演公鸡。但是后来老师说让我演大自然。""大自然？""树丛。"俊宇又低下头去拼凑积木。"演树？"俊宇点点头。"有台词吗？"俊宇又摇摇头。"其他小朋友有台词吗？"俊宇点点头。"其他小朋友演动物。只有我演树。""除了你，每个都有台词？"俊宇又点点头。"妈妈知道吗？"俊宇不再说话，只认认真真地拼搭着汽车棚的棚顶。

他送了俊宇到幼儿园，等俊宇进去了教室，他特地站在教室门口等着。老师抬头见他还站在班级门口，便站起身走了过来。听完他讲话之后，老师无奈地笑了一下，肩膀往下垂了垂，侧仰着脸看着他，"你知道你家孩子不愿意说话吗？就三句台词，他怎么都不愿意讲。就三句。"她着重强调了一下那个"就"字。"他那个角色是一定要讲话的，不讲话故事情节就不对了，动作也不配合。走位也不对。让他往那边走，他就总往另一边转。这样一乱别的孩子也跟着乱。我真是没办法才让他演一棵树的。""那我和他讲一讲……""没有用的。"她打断他。"我跟你太太讲过几次了。你太太没跟你说吗？你太太每次来接的时候都会问他表现得怎么样。我都讲了好久了，现在我们都练了好多次了。节目单都出了，录音也录好了，再改也来不及了。"她看着他说："这个毕业的表演，每个班都出一个中文节目一个英文节目。每个老师负责一个节目，算考核项目。国内现在也是这样嘛。所以整体表现怎么样，节目效果怎么样，老师是要负责的呀。而且最重要的是，要照顾到其他小朋友。"她满脸堆笑，"还希望爸爸理解一下。理解一下。况且演绎的是大自然，其实也挺好的。"

那天他到家晚，舒怡和她母亲一起坐在客厅里，俊宇应该已经睡着了，那样子两个人像是等着他似的，见他进来，他岳母就走开了。他在沙发上坐了下来。舒怡平静地开了口，"俊杰的毕业典礼怎么安排？有好几个亲戚想要来看他毕业典礼的表演。那天我问了老师了，应该没有什么问题。""老师跟你说了他演一棵树吗？""我也跟老师说过。老师说他不肯开口说话。不知道是不是因为有……同学妈妈说了些奇怪的话。"舒怡微微皱着眉头说。"关于俊宇的。"他看着她。"外面有人说他不是你亲生的。这样的奇怪的谣言不知道哪里来的。"舒怡苦笑了一下，"大人之间互相传一传也就算了。小孩子也跟着一起传……"他摇了摇头。舒怡倒很平静，"妈妈说请人查了，追究法律责任……""不用了。"他说。她不说话了。两个人坐在沙发上面对着关着的电视。他眼神略垂，看着面前的茶几，用了几十年的红木微微反着黯淡的光泽。不知过了多久，她先开了口，"别人都说是他骗了我。都以为我是被伤害的那一个。"厨房里什么东西哗的一响，然后又安静了。她停顿了一下，又说："其实我从一开始就知道。大家都以为我不知道。他们都以为我不知道。"

她继续说："小时候我常常偷东西，屈臣氏的口红，眼线笔，文具店里的小挂件，超市里的洗面奶，商场里的丝袜，香水……都是些我不会用的东西，偷出来以后有些送同学有些就直接丢掉，我偷得巧妙，很少被抓到，难得有一两次被抓到，我也能找到完美的借口。大家都相信我。他们以为我是受害者，都以为我是受害者。和他们在一起的时候我喜欢想着他们的太太，想着她们正等着他回家，想着他们一点兴趣也没有地躺在她们身边。"她低头看了看自己，微微向下拉了拉嘴角，"如果不是这种情况，我就真的没有办法。我就会觉得我是被害的那一个。我……我从心里……没有办法。""那我呢？我算是什么？""我以为你是不一样的，我以为遇到你以后我会变正常。""为什么是我？""因为那个时候只有你。"她停顿了一会儿问："你呢？"一只瘦小的壁虎沿着墙爬了进来，灰白的身体在白色的墙上游动着。两个人盯着壁虎看了一会儿，那壁虎却像是定住了一般纹丝不动。最后还是她先开了口，"你的事情我都知道。如果你要走。我只要俊宇。有了他我就够了。妈妈有我，我有他。"那壁虎又开始游走起来，掉转了方向向外爬去，爬到窗户上的墙上又停住了。他站了起来。那壁虎仿佛吃了一吓，身体一抖，迅速地爬了出去，消失在墙后。他走到楼梯口，将一只脚踩在楼梯上，忽然心里有了一丝异样的感觉，他说不清是怜悯还是留恋，也不知道是对舒怡还是对自己。他觉得自己应该说点什么，也想说点什么，但是却又不知道说什么好，不知道能说什么。过了一会儿，慢慢地轻声说，"谁又……"他只说了这两个字便没再继续说下去了。又过了一阵子，他慢慢地上了楼，光着脚一步一步踩在楼梯上，那老而密实的木头温柔地拖着他的脚底，发出细微的嘎吱声，仿佛替他说了他没有说完的话。

他始终没有等到麦原的消息，那个婚礼之后她仿佛消失了一般。他看好的那套红砖房老公寓，屋主主动联系他愿意降一点租金，问他是否还考虑。他想着厨房窗户里透过树叶的那一点点海，转了定金过去，说下个月可以搬进去。

他父母专门从中国飞过来出席俊宇的毕业典礼，林家坚持让他父母住在家里，反正家里房间多，多住一段时间俊宇也可以和爷爷奶奶玩玩。他在父母来的前一天搬回到卧室，将客房清理了出来。他父母住下来之后一直带着俊宇玩，晚上俊宇也和爷爷奶奶一起睡。他岳父也每天陪着在旁边一起玩一起聊天。他岳母从早到晚换着花样做出一大桌又一大桌的菜来，常常热得一头一脸的汗。大家难得济济一堂，显出一种其乐融融的感觉。

幼儿园的毕业表演定在晚上六点半，在出发去表演厅之前，他一直跟俊宇说怎么样演好一棵树，虽然老师说树是不能动的，他教他怎么跟着音乐摆动，怎么在其他小朋友念台词的时候也跟着做出相应的反应。"就算你是一棵树，但树也是有生命的。"他说。俊宇只是点头。"你不要管老师怎么说。总不能一直站在那里一动不动。你要当一棵有生命，有自己的想法，有自己的个性的，知道自己要什么的树。"俊宇看着爸爸激动地挥舞着双手的样子，咯咯咯地笑了起来，然后又现出担心的表情，"那其他小朋友怎么办？老师怎么办？"他没回答，只是说，"记住爸爸的话。记住爸爸的话了吗？"俊宇点点头，他又再问了一遍。"记住了。"俊宇赶紧乖巧地回答。

俊宇的班被排在了第三个上场表演。其他小朋友的表演服是各种动物。他的表演服是一个有着棕色树干绿色圆圆树冠的树，树冠上挖了一个圆洞让他露出脸来。他坐在观众席里一直等待着儿子移动一下，或是做出一点什么动作表情。整场表演，俊宇除了拖着那个长大的树形纸板走上台，始终没有动过，尽心尽责地演好那棵树，眼睛一眨一眨地看着他的同学说台词，做动作，走位。一个节目也不过就五分钟，随着灯光转暗，小朋友们从两边下了舞台。那一刹那全场黑了，台上影影绰绰地看见有老师跑上去换布景板，换道具。他穿着西装衬衫坐在黑暗里，父母坐在右边，舒怡坐在他左边，手里捏着一大束包装精美的向日葵，等着等下送给老师。她旁边坐着林先生和林太太。大家都在鼓掌。过场时临时放了童声合唱的欢乐颂。这曲子里仿佛有什么紧紧地攥住了他，他不知道该如何解释，只感觉到内心涌起一阵难以忍受的疼痛，他的生活平凡，又是和平年代，他这样的人没有经历过战争，饥荒，没有机会做什么大事或是贡献，也没有经历过苦难，父母健康，小孩子活泼可爱，经济状况稳定，他甚至不用为了生计操心发愁……他的眼泪忽然顺着脸颊流了下来，他觉得很羞愧，仿佛自己根本不应该有悲伤的权利。这时舞台上的灯光又亮了起来，他不愿意让坐在自己身旁的舒怡，岳父岳母和父母察觉到，因而只能一动不动地坐在那里，眼泪就这样不受控制地流了下来，舒怡悄悄递了一张纸巾给他。他将那张纸巾捏在手里。舞台上的灯很快就亮了起来，过了好一会儿，他才借着台上轰鸣的模拟雷声轻轻地吸了吸鼻子。

等毕业典礼结束之后回到家已经很晚了，一路上他父母都一直逗着俊宇说话，等到了家，他陪着父母和俊宇在客房里又坐了一会儿，俊宇闹着闹着便趴在床上睡着了。他又陪着父母说话，他母亲一直说孩子的问题，又说家里谁谁谁离了婚那小孩真可怜，再婚了那对小孩儿完全不一样的。他忽然有些疑心，但看他母亲那样子又仿佛只是在闲话家常。等他父母实在困得熬不住了，他母亲才让他去睡。外面的路灯照进来，客厅和餐厅里被涂抹得一块明一块暗，那明暗是他熟悉的，他从第一天在这个房子里吃饭就感受过。不知道哪个角落的壁虎发出啧啧的叫声。他能够感到楼梯扶手上有着些微灰尘，因为没有再请女佣，加上最近家里人多，他岳母这一两个礼拜在家务上显得有些力不从心。不管怎么样，还是要再找一个女佣的。他想，再找一间新的中介公司。他顺着楼梯上了楼，关着门的书房，关着门的厕所，关着门的卧室，开着门的小阳台。仿佛四个人一样静静地站立在那里，对着他无话可说，面无表情，等待着他先开口。

舒怡在睡前应该在书房待过一段时间，书房里虽然关着窗户但仍然有空调余留下来的丝丝的凉意。他扭开了书桌上的台灯。一切都是老样子。他在依墙而放的书桌前坐了下来。书桌上收拾得很干净，只放了一盏台灯，一个圆柱形木笔筒，他伸出手拨弄着笔筒里插着的笔。那墙上有一个隐约的影子，他以为是自己的影子，但是灯光的角度又不对，再细看了看。舒怡每次坐在书桌前都习惯性地将一侧的身子抵靠在墙上，贴的时间久了，留下了这个印子。他伸出手轻轻地摸着那印子，仿佛在劝说它。

水 梅

　　麦原的电话打进来的时候他正和舒怡在逛超市，他先去她的公司接了她一起吃了午餐，然后还有一点时间，两个人决定在超市买一些母婴用品。他示意舒怡看着推车，自己走到一旁。"我明天回国了。"麦原说。她的声音听起来还是带着那种无所谓的淡漠。"婚礼上遇到你的那个晚上，我就听说不知道是哪里谣传说我男友得了艾滋病，我们订餐服务的订单就渐渐少了。我是无所谓，但是对他的打击还是挺大的。""不要紧吧？你男朋友还能找到工作吗？"那边沉默了一会儿，"他是有男朋友的，他父亲是外交官。他母亲始终没有办法接受这个事情。所以。你知道。有些人是很孝顺的。不知道谁拍了他和他男朋友的照片传到网上去了。连我送餐的事情也调查得一清二楚，被人举报到移民局，说我证照不齐全，也没有能做生意的准证……算了。回去也好。有四季。"过了一会儿又说："挺好。"又过了一会儿说，"只是可怜了他。"他半天不知道说什么，那边也没说什么，静默中她把电话挂了。

他才发现自己正好站在卖奶制品的冷柜的前面，冷气海浪一样扑在他身上。买完了东西他先送舒怡回公司，舒怡的肚子已经显了形，但是她还是坚持要上班到预产期。然后他再回家放东西。他将装着母婴用品的超市袋子放在客厅，舒怡还买了一些水果和饮料，他提着那袋水果饮料走到厨房。林太太正在厨房的料理台前做猪脚醋，面前放着一盘氽过水的猪脚和一大卷厨房纸。她正聚精会神地撕一张印着绿色的三叶草形状的厨房纸，然后平铺在料理台上，再将猪脚放在上面，等那张纸把猪脚表面的水吸干了，就撕下另一张，然后将另一面的猪脚放在纸上。她专注地低着头重复地做着这个动作，甚至都没有注意到有人进了厨房，短发散落到她的面前。

他看着她，忽然想起第一次见她时的情形，又想起刚才的电话来。她不断地嚓嚓嚓地撕着厨房纸，随着这声音，他觉得他所感觉到的一切越来越具体越来越真实。等到处理好了所有的猪脚，她又伸手去拿姜，一抬头看见他。她没说话，只是看着他。过了好一会儿，她拿起了一块生姜，又拿起了小刨子，慢慢用刨子去了姜皮，然后又拿起刀来，一下一下将那块姜切成薄片，又去嚓嚓嚓地撕了厨房纸，轻轻沾擦着那姜片，想要把水分吸干。他看着她，在那嚓嚓嚓声中想起了舒怡，想起了自己心里有过的那几个女人，他觉得自己这一辈子算是用完了。

他放下了手里的塑料袋，转身急步向外走去，她似乎跟着追了出来，他只顾快步向外走去，下午的阳光非常猛烈，仿佛射下来都带着声音，打在瓷砖地面上，打在他的车上，打在游泳池的水面上。铁门外面的马路在阳光的照射下能看得到热气蒸腾上来，景物轻微地变形。这暴晒着的阳光烈到仿佛有了密度，透明的有形的物质，使得他寸步难移。

他猛然转身，吓了身后的她一跳。他看着她，又觉得自己这一辈子还没有用完，用不完……他往回走了两步，举起门口摆放着的那盆刻着宁静致远的盆栽，将那盆栽举过头顶，四下环顾了一下，那沉重的盆栽在手中仿佛轻若无物，他等了好一会儿，手臂轻微颤抖起来，环顾四周，将它扔进了游泳池里。那盆栽摇摇晃晃地迅速沉到了底部，触底的那一瞬间发出了巨大的轰鸣，一切都失声了，一切都归零了。

这一带的芒果树特别多，时下刚好是芒果的季节，每一棵芒果树上都结着大大小小的芒果，安静地挂在高高的树枝上，路的旁边总是有一些不知道什么时候掉下来的芒果，青皮被摔裂了，露出里面鲜黄色的肉来。这些芒果很快就会被各家的女佣扫走，有些过个一两天没有扫的，那肉便稀烂了，但还是鲜黄色，发出一种浓郁的腐烂的芒果香气来。这条街上的老洋房又被卖掉了一幢，全部打掉重新盖，刚开始打地基，围着的防尘布上挂着屋主的信息，建筑商的名号，预计完工的时间等。在这个正在建的房子的门口路边停靠着两三辆车，再往前靠着路边又停了两三辆，今天林家做满月，来的亲戚朋友很多，路边已经没有什么位置停车了，来得晚的只能把车停得远一点走过来。

　　林家的大门敞开着，还没进门就可以听见里面热闹的说话声，游泳池里漂着一个鸭子充气船和一个游泳圈，林先生总是说小孩子越小越容易学游泳，俊宇就是学晚了，俊堂他可要早早地教。林先生现在正式搬了回来，"两个小孩都要抢着跟我玩，我不回来怎么行呢？"他声如洪钟地说，虽然是问句，但是也不需要旁人回答。雨季刚过，院子里的植物和盆栽愈加郁郁葱葱了。刚才有亲戚带来的小孩子拿着玩具在院子里追跑打闹，互相用各种颜色的小塑料球丢着玩，丢得院子里到处都是，还打翻了其中的一盆满福木，两个女佣正手忙脚乱地收拾着。

　　靠近大门的位置新放了一大盆水梅，是林先生从朋友那里专门买来的盆栽中的精品，枝叶疏散飘逸，根部缀着一大块英德石，姿态倾斜透露，姿态孤傲，枝叶雅致，小而清秀的水梅在绿叶之间，那么的纤细，谦恭，柔软，散发着清淡的香气。硕大的紫砂盆古朴雅致，上刻"花团锦簇"。随着门外一声汽车喇叭响，又有亲戚到了，大门附近已经没有地方停车了，林太太从屋里迎了出来，挥动着双臂示意他们将车掉头，停在远一些的地方。车里先下来了一个妆容精致，发型优雅的女人，手里提了一个包装精美的大礼盒，热情地略微伸出手臂，走向林太太。林太太微笑着迎了上去。